환생왕

ORIENTAL FANTASY STORY & ADVENTURE

요도 김남재 신무협 장편소설

★

dream
books
드림북스

환생왕 6

초판 1쇄 인쇄 2020년 3월 6일
초판 1쇄 발행 2020년 3월 23일

지은이 요도 김남재
발행인 오영배
편집 편집부
일러스트 나래
표지 · 본문 디자인 오정인
제작 조하늬

펴낸곳 (주)삼양출판사 · 드림북스
주소 서울시 강북구 도봉로 173
대표 전화 02-980-2112 **팩스** 02-983-0660
편집부 전화 02-987-9393 **팩스** 02-980-2115
블로그 blog.naver.com/dreambookss
출판등록 1999년 3월 11일 제9-00046호

ⓒ 요도 김남재, 2020

ISBN 979-11-283-9759-2 (04810) / 979-11-283-9753-0 (세트)

드림북스는 (주)삼양출판사의 판타지 · 무협 문학 브랜드입니다.

목차

1장. 준비된 함정
― 쉴 틈이 없네

무림맹주 추자후의 시선이 자신을 향해 이를 드러낸 양 승필을 지그시 응시했다.

무림맹주의 자리에 앉아 있을 자격이 있냐 따져 묻는 그 무례한 말투에 일부 무인들이 당황하고 있는 그때였다. 자리에 앉아 있던 유평이라는 사내가 몸을 벌떡 일으키며 소리쳤다.

"이 무슨 예의 없는 소린가!"

"사형은 빠지십쇼."

양승필은 자신을 향해 붉어진 얼굴로 소리를 내지르는 유평을 향해 불쾌한 표정을 지어 보였다. 같은 종남파 소속의 무인, 그리고 같은 사부 아래에서 무공을 배운 관계이긴 하지만 둘은 엄연히 가는 길이 달랐다.

양승필은 반맹주파로, 유평은 맹주의 측근으로 각자의 길을 걸은 지 오래였다.

어릴 적엔 친형제처럼 가까웠던 두 사람이었지만 지금은 아니다. 오히려 어떻게 하면 상대방을 물어뜯을 수 있을지 혈안이 된 상태다.

"이놈이 감히!"

유평이 당장 검이라도 뽑아 들 것처럼 살기를 쏟아 낼 때였다.

추자후가 대신하여 입을 열었다.

"확인받고자 하는 게 있는 모양이로군."

"물론입니다."

"좋네, 뭐 의견을 내는 것이 나쁜 일은 아니니까. 다만……."

콰드드득.

회의장의 절반 가까이 길게 이어져 있던 커다란 탁자가 반으로 갈라지며 부서져 버렸다.

너무도 깨끗하게 부서진 탁자가 곧바로 무너져 내렸고, 동시에 회의장에는 숨 막히는 무거운 공기가 밀려들었다.

웃고 있는 추자후, 그렇지만 그에게서 뿜어져 나오는 기운은 결코 가볍지 않았다.

탁자를 반으로 갈라 버린 그가 부서진 탁자의 일부를 턱 하고 손으로 짚으며 말을 이었다.

"지금 내뱉을 그 말에 대한 책임은 그대가 져야 할 게야."

"……."

경고 어린 추자후의 말에 양승필은 자신도 모르게 마른침을 삼켰다.

확실한 뭔가를 잡았기에 당당하게 나섰다.

그럼에도 불구하고 오히려 압도당해 버렸을 정도로 추자후라는 사내에게서 풍기는 기운은 거대했다.

자신도 모르게 주춤거렸던 양승필이 이내 이를 꽉 깨물었다.

이미 시작해 버린 상황이었다.

그리고 추자후의 말대로 책임을 져야 하는 것은 자신이다.

양승필이 입을 열었다.

"얼마 전에 무림맹을 떠난 별동대에 대해 여쭙고 싶습니다."

그가 내뱉은 말에 이번엔 추자후가 움찔했다.

'이건 예상 외인데…….'

저들이 물고 늘어질 수많은 사건들을 떠올렸다. 허나 그 안에 별동대에 관한 건 없었다. 그것이 크게 트집 잡힐 이유는 없었으니까.

일순 당황했지만, 그는 그런 속내를 감춘 채로 태연하게 말을 받았다.

"해 보게."

기껏 해 봐야 왜 알려져 있는 곳과 다른 목적지로 이동했느냐 정도인데 겨우 그거 가지고 자신을 맹주의 자리에서 끌어내리려고 한다는 건 어불성설이다.

문제는 그 사실을 저들 또한 모르지는 않을 터.

대체 무엇일까?

물어 오는 추자후와 시선을 마주한 채로 양승필이 준비해 온 말을 꺼냈다.

"얼마 전 이지강을 필두로 떠난 별동대가 애초 알려진 목적지인 운남성이 아닌 광서성으로 향했다더군요. 알고 계셨을 걸로 판단됩니다만 아닙니까?"

"알고 있었네. 내가 시킨 일이었으니까."

자신에게 직접 말을 꺼낼 정도라면 이미 이들 또한 확실히 알게 된 상황, 굳이 숨겨야 할 이유는 없었다.

추자후가 순순히 대답하자 맹주파의 무인들은 서로의 얼굴을 보며 의아한 표정을 지어 보였다.

광서성에 별동대를 보낸 이유를 그들 또한 알지 못했으니까.

허나 그것만으로 큰 문제까지 되는 건 아니었기에 모두가 침묵한 채로 이야기가 이어지길 기다리고 있었다.

양승필이 닦달하듯 말했다.

"그럼 묻지요. 대체 왜 그러신 겁니까?"

"비밀 임무였기 때문이네."

"비밀 임무라……."

양승필이 갑자기 비웃듯 가볍게 웃음을 흘렸다.

애초부터 이런 대답이 돌아올 거라는 걸 이미 예측하고 있었다.

그가 재차 물었다.

"그 비밀 임무가 뭔지 물어도 됩니까?"

"굳이 원한다면 들려주지. 광서성 쪽에 오랜 시간 고아들을 납치해 오던 이들이 있다는 정보를 받았네. 그래서 그들을 뿌리 뽑기 위해 별동대를 파견한 거고. 뭐 문제 있는가?"

추자후의 말에 맹주파 무인들은 크게 고개를 끄덕였다. 지금 말한 일에 대한 자세한 내막은 알지 못하지만 그럼에도 불구하고 그 일이 얼마나 의로운 일인지는 알 수 있었으니까.

대답이 떨어지자 양승필이 곧바로 답했다.

"그렇군요. 정말 좋은 일을 하셨습니다. 그런데…… 정말 그게 전부입니까?"

되물어 오는 상대의 모습에 추자후가 미간을 찌푸리며 말했다.

"그게 전부냐니?"

"진짜 목적은 다른 곳에 있지 않으셨습니까, 맹주님."

"하고 싶은 말이 있다면 바로 하게. 괜히 알아듣지 못할 말을 빙빙 돌려 하지 말고."

추자후가 쓸데없는 간 보기를 멈추고 본론으로 들어가라 재촉했다.

양승필 또한 서둘러 이 일을 터트리고 싶은 마음에 입이 근질근질했는지 기다렸다는 듯 입을 열었다.

"고아들을 구해 낸다는 임무는 눈속임용일 뿐, 진짜 목적은 영천교(永天敎)였겠지요."

"영천교라고?"

양승필의 말에 누군가가 놀란 듯 되물었다.

영천교는 최근 날뛰고 있는 새외 세력 중 하나로 무림맹 조차 무척이나 예의 주시하고 있는 이들이었다.

그런데 갑자기 영천교라니?

그들과 무림맹주 사이에 무슨 연관이 있단 말인가.

이해가 안 간다는 듯한 표정을 짓고 있는 이들을 향해 양승필이 말을 이었다.

"얼마 전 운남성 하구(河口) 지역을 그들에게 그냥 넘겨주신 일이 많이 의아했는데 이번 일이 그 의문을 깨끗이 해결해 주더군요. 맹주님이 그들 영천교와 모종의 밀약을 맺었다는 사실을 알게 됐으니까요."

"……밀약이라니 그게 무슨 말이오?"

듣고만 있던 노고수 하나가 참지 못하고 물었다.

그러자 그는 빠르게 대답했다.

"별동대가 돌아오던 길에 광서성에 있는 영천교의 분타와 접촉을 했다는 정보가 들어왔습니다. 그리고 얼마 전 하구를 넘겨준 일까지. 그게 뜻하는 바가 뭐겠습니까?"

"지금 양 대협은 맹주님께서 그들과 개인적인 거래라도 하셨다고 말하고 싶은 게요?"

"무조건 그렇다고 말할 수는 없지요. 하지만 분명 그냥 넘기기엔 석연치 않은 것 또한 사실입니다. 저 또한 맹주님을 믿고 싶으니 확실한 조사를 통해 무죄를 증명하셔야겠지요. 아니 그렇습니까, 맹주님."

양승필이 자연스럽게 말을 추자후에게로 돌렸다.

만약 이 말이 사실이라면 결코 간단히 넘길 수 있는 문제가 아니다.

무림맹주 직을 내려놓는 건 당연하고, 여태까지 쌓아 온 모든 명성을 잃을 것은 자명했다.

영천교는 사파다.

그것도 그리 질이 좋지 못한 이들로, 무림맹으로서는 반드시 척결해야 하는 존재로 분류하는 이들이다. 그런 자들과 뒷거래를 했다는 사실은 치명적일 수밖에 없었다.

생각지도 못하게 영천교와 엮으며 따지고 들어오는 양승필의 모습에 순간 말문이 막히긴 했지만, 이내 추자후가 모두를 향해 자신의 생각을 밝혔다.

"재미있는 소리를 하는군그래. 허나 이 모든 소문이 가짜라는 걸 증명할 가장 확실한 방법이 하나 있지."

잠시 말을 멈춘 그가 좌중을 스윽 훑어봤다.

모두의 시선이 집중되었음을 확인한 추자후가 말을 이었다.

"별동대네. 그들이 돌아온다면 내 결백을 증명하는 건 그리 어렵지 않을 테니까."

영천교 분타와 접촉을 한 적이 없다는 사실만 증명한다면 이건 그저 뜬소문에 불과하다. 오히려 반맹주파의 기세를 일시적으로 죽이는 기회가 될지도 모른다.

추자후의 말이 끝나기 무섭게 양승필이 입을 열었다.

"그래서였습니까?"

"뭐가 말인가?"

"돌아오던 별동대 전부를 죽인 이유 말입니다."

"그게 무슨……."

추자후가 눈동자를 크게 치켜떴다.

별동대가 죽다니?

그것이 대체 무슨 소리란 말인가. 아직까지 그 정보가 들어오지 않은 상황이었기에 추자후로서는 청천벽력과도 같은 소리였다.

놀란 그를 향해 양승필이 생각할 시간을 주지 않으려는 듯 몰아쳤다.

"모두가 죽는다면 이대로 흐지부지 넘어갈 수도 있다 생각하신 모양인데 아쉽게도 그러실 순 없을 것 같군요. 저희 쪽에서…… 생존자를 확보했으니까요."

웅성웅성.

생존자가 있다는 말에 회의장에 모인 이들이 놀란 듯 수군거리기 시작했다.

지금 양승필이 이렇게 자신 있게 나서는 이유가 그 생존자에게서 뭔가 전해 들은 것이 있어서일 거라는 판단을 하는 건 그리 어려운 일이 아니었다.

추자후가 침묵하는 사이 양승필이 다른 이들을 바라보며 말했다.

"열흘 안에 증인이 도착할 것이고, 그때에 맞춰 본회의 개최를 청하는 바입니다."

오늘보다 더욱 많은 인원들이 모이는 본회의.

그때 반맹주파는 증인을 내세워 추자후를 맹주의 자리에서 끌어내리려고 들 것이다.

그리고 이미 각본은 완벽하게 짜져 있을 상황.

추자후로서는 결코 빠져나갈 수 없을 것이다.

허나 양승필의 말은 끝이 아니었다.

보다 확실하게 마무리 짓기 위해서는 조금의 숨통조차 남겨 둬서는 안 된다는 걸 잘 알았으니까.

그가 말을 이었다.

"그리고 이 모든 일들에 대한 진실이 밝혀질 때까지 맹주님의 모든 권한을 일시적으로 정지시키고…… 자택에 구금을 요청하는 바입니다."

말을 끝낸 양승필의 얼굴엔 자신만만한 표정이 걸렸다.

업무에서 손을 떼게 하는 것과 동시에 그 누구도 만나지 못하도록 거처에 가둬 두려 하는 것이다.

눈과 귀를 잃고, 팔다리마저 잘려 나간다면 제아무리 추자후라 할지라도…… 빠져나갈 수 없다.

묘하게 변한 추자후의 표정.

대체 이게 무슨 일인지 모르겠다는 듯 혼란스러워하는

다른 이들과는 달리 이번 별동대의 일에 대해 정확하게 알고 있는 군사 위지겸만이 구석에서 조용히 입술을 깨물고 있었다.

'함정이다. 영천교까지 엮어 넣어 맹주님을 재기 불능 상태로 만들려는 게 분명해.'

알고는 있지만…….

추자후의 시선이 위지겸에게로 향했다.

많은 의미가 담긴 시선을 받은 위지겸이 이내 작게 고개를 끄덕였다.

바삐 움직여야 할 때가 온 모양이다.

*　　*　　*

백아린에게 말했던 삼 일이라는 시간.

그 두 번째 날이 저물어 가고 있었다.

별동대의 흔적을 찾아내기 위해 인근을 다시금 수색했지만 별다른 건 찾아내지 못했다. 그녀에게 말했던 삼 일 중 절반 이상이 흐를 때까지 아무런 것도 찾지 못하니 마음은 점점 조급해질 수밖에 없었다.

직접적으로 인근을 수사하는 건 천무진과 단엽이 맡았고, 그 외에 두 사람은 적화신루를 통해 다른 단서를 찾기 위해 분주히 애썼다.

오늘도 어제처럼 빈손으로 거처에 돌아온 상황에서 단엽이 투덜거렸다.

"주인, 거기는 더 뒤져 봤자 답이 없을 거 같은데."

"……."

단엽의 말에 천무진은 별다른 대꾸를 하지 않았다. 말대로 지금 시간 낭비를 하고 있는 건 아닌가 하는 생각이 들어서였다.

적화신루가 샅샅이 뒤졌고, 그 이후에 자신과 단엽이 찾아봤다. 그런데도 불구하고 뭐가 보이지 않는다면 거기엔 단서가 없다고 봐도 무방하다.

유일하게 알고 있는 건 싸우면서 점점 동쪽으로 움직였다는 것 정도다.

완벽하게 지우려 했지만 그럼에도 불구하고 남아 있는 조금의 흔적으로 적화신루가 파악해서 보내 줬던 정보다.

허나 그것만으로 뭔가를 더 알아내기엔 정보가 너무도 없었다.

'돌아가야 하나.'

무림맹으로 돌아가 이번 일을 수습하는 것이 더 올바른 일인가 고민이 들었다. 허나 어쩐지 떨어지지 않는 발 때문에 천무진은 쉽사리 결단을 내리지 못했다.

하루 종일 땅을 파 헤집고 다니며 신경을 쓰던 일에 지쳤
는지 단엽이 침상 위에 축 늘어져 있을 때였다.

헐레벌떡 다급한 걸음 소리가 귓가로 들려왔다.

벌컥.

열리는 문 쪽으로 천무진과 단엽의 시선이 향했다. 그곳
에는 커다란 대검을 짊어지고 있는 백아린과 한천이 있었
다.

천무진의 얼굴을 보는 순간 백아린이 잔뜩 상기된 표정
으로 입을 열었다.

"따라와요. 보여 줄 게 있어요."

뭔가를 찾은 듯한 표정.

자리에 누워 있던 단엽이 찌뿌둥한 몸을 일으켜 세우며
작게 투덜거렸다.

"끄응, 쉴 틈이 없네."

*   *   *

백아린이 따라오라고 한 곳은 거리가 꽤나 멀었다.

그래서 천무진 일행은 마차를 타고 한참을 달려야 했고,
어느 정도 시간이 흐른 후에야 목적지 인근에 도착할 수 있
었다.

길이 다소 가팔라지는 곳이었기에 마차를 멈추고 직접 움직여서 도달한 장소.

그곳은 다름 아닌 무척이나 높은 절벽이었다.

천무진이 주변을 두리번거리다 작게 중얼거렸다.

"여긴……."

싸움의 흔적이 있었던 곳에서 동쪽으로 대략 일각 이상은 더 움직여야 올 수 있는 장소였다.

높은 절벽 위의 장소였기에 바람이 꽤나 강하게 불어닥쳤다. 백아린은 휘날리는 머리카락을 손으로 가지런히 어루만졌다.

그런 그녀를 향해 천무진이 물었다.

"뭐가 있다는 거야?"

가볍게 주변을 훑어봤지만 싸움의 흔적으로 보이는 건 딱히 존재하지 않았다. 물론 있었다고 해도 비에 씻겨 갔거나, 그자들의 손에 의해 깨끗하게 정리되었겠지만.

백아린이 그를 향해 말했다.

"아무것도 안 보이는 게 당연하죠. 여긴 아무것도 없거든요."

"그게 무슨 소리야?"

다른 누군가가 이런 대답을 했다면 쓰잘머리 없이 장난질이나 한 거냐고 짜증을 냈을 수도 있는 일.

하지만 이제 천무진은 백아린에 대해 어느 정도 알고 있었다. 이런 상황에서 장난질이나 말도 안 되는 소리를 할 여인이 아니라는 것 정도는 충분히 알고도 남았다.

그랬기에 천무진은 그녀의 다음 말을 기다렸다.

백아린이 앞장서서 절벽 쪽으로 걸어가며 손짓했다.

"이쪽으로 와 봐요."

말을 마친 백아린이 아슬아슬하니 떨어지기 직전의 절벽 끝자락까지 다가가서야 걸음을 멈추어 섰다.

끝부분에 자리하니 바람은 더욱 거세게 불어왔다.

무공을 익힌 이가 아니라면 그 바람에 밀려 균형을 잡기 어려울 정도였다. 그리고 그녀의 뒤를 쫓아 나머지 세 사내가 다가섰다.

자리에 선 한천이 죽는소리를 내뱉었다.

"어휴, 이런 높은 곳은 질색인데 말이죠."

"대체 여기 뭐가 있다는 건데? 바람 말고는 뭐 아무것도 없구만."

단엽이 이해가 안 간다고 되물었고, 천무진 또한 같은 생각에 고개를 끄덕거릴 때였다. 절벽 아래를 살펴보던 백아린이 마침내 찾던 것을 발견하고는 급히 손가락을 들어 한쪽을 가리켰다.

"저기예요! 저기 아래쪽이요."

"아래?"

천무진은 그녀의 손가락을 따라 시선을 옮겼다. 높은 절벽의 떨어져 내리는 단면 곳곳에는 나무들이 자라 있었다.

그리고 백아린의 손가락이 가리키는 곳 또한 그런 나무들이 꽤나 여럿 보였다.

하지만 그녀가 가리키는 건 나무가 아니었다.

우거진 나무들 사이에 자리하고 있는 한 자루의 검.

그 검이 천무진의 눈에 들어왔다.

그리고 검을 확인하는 순간 그의 눈동자가 흔들렸다. 절벽에 박혀 있는 저 검은 무척이나 낯익은 것이었으니까.

"저 검은 분명……."

이곳에 검이 박혀 있다는 보고만 들었을 뿐 직접 와서 확인한 건 백아린 또한 지금이 처음이었다.

그녀는 절벽 한쪽에 박혀 있는 검을 자세히 살펴보다가 두 눈을 빛냈다.

"저거 이지강 대협의 검 맞죠?"

"맞아, 분명히 그가 가지고 다니던 검이야."

"그럼 역시 이곳까지 그가 도망친 건 확실하겠네요."

"아마도 절벽으로 뛰어내린 것 같은데."

직접 눈으로 보진 않았지만, 얼추 상황이 그려졌다. 이곳까지 어떻게든 도망쳐 왔고, 싸워선 이길 수 없다는 판단하에 절벽 아래로 몸을 던진 것이다.

워낙 높은 절벽이다 보니 중간에 충격을 완화시키기 위해 검을 박아 넣으며 속도를 줄인 걸로 보였다.

천무진이 입을 열었다.

"여기까지 혼자 도망쳤을까?"

"가능성은 반반이겠죠."

별동대의 대장인 그다.

그가 이곳까지 도망쳤다면 상황이 좋지 않았을 것은 분명하다.

백아린이 절벽 중간 부분에 박혀 있는 검을 지그시 바라보며 말했다.

"그래도 살아 있을 가능성이 생겼네요."

"그래, 하지만 그것도 그리 오래가진 않을 거야."

별동대를 기습한 그자들의 목적이 뭔지는 모른다. 허나 그들이 움직였다면 별동대의 생존자를 남겨 두고 싶어 하지 않을 공산이 크다는 확신이 있었다.

백아린이 말을 이었다.

"절벽을 기점으로 인근을 뒤져 봐야겠어요. 자의든 타의든 지금 움직이지 않고 있는 것 같으니까요."

만약 이지강이 움직였다면 지금쯤 적화신루의 감시망에 걸렸어야 한다. 그런데도 불구하고 그와 비슷한 이에 대한 정보조차 올라오지 않고 있다.

그렇다면 답은 둘 중 하나다.

몸을 감추고 있거나 아니면…… 죽었거나.

백아린의 말에 절벽 중간 부분에 박혀 있는 검을 지그시 바라보던 천무진이 고개를 끄덕였다.

"서둘러 줘. 부탁할게."

서둘러야 했다.

시간이 흐를수록 이지강이 살아 있을 확률은 줄어들 테니까.

＊　　　＊　　　＊

부스럭.

사람이 살던 흔적은 찾기도 힘들 정도로 허름한 인가에서 자그마한 소리가 일었다. 집은 오랫동안 사람이 살지 않았던 탓에 당장에 무너져도 전혀 이상할 것 없어 보였다.

물가와 붙어 있는 이 인가는 십 년이 넘게 비어 있던 폐가였다.

이미 곳곳에 균열이 가거나 구멍이 뚫려, 제대로 된 집 구실을 하기도 힘들어 보이는 모양새였다.

그런 허름한 인가에서 자그마한 인기척들이 들려왔다.

지푸라기들이 미묘하게 흔들리더니 이내 그 안에서 한두 명씩 모습을 드러내고 있었다. 그들의 정체는 바로 실종된 별동대원들이었다.

이 인가에는 놀랍게도 여섯 명이나 되는 생존자들이 있었고, 그들은 며칠 전 이곳에 자리를 잡은 이후부터 물을 마실 때를 제외하고는 거의 움직이지 않으며 몸을 감추고 있었다.

여섯 명의 생존자들 중에서 가장 경공에 능한 자가 빠르게 물을 떠 왔고, 이내 대기하고 있던 다른 이가 그걸 깨어진 바가지에 담아 한 명씩 건넸다.

지푸라기 사이에 숨어 있던 이들이 하나씩 몸을 일으켜 세우며 바가지에 담긴 물로 입을 축였다.

허나 그들 중 일부는 혼자의 몸으로 물을 마시는 것 또한 그리 쉽지는 않아 보였다.

부상 때문이었다.

여섯 명의 별동대 대원들 중에서 멀쩡한 건 단 한 명, 나머지 다섯 중 세 명은 경상이었고 두 명은 꽤나 깊은 중상을 입은 상태였다.

그리고 그중에 가장 심각한 건 바로 별동대의 수장 이지강이었다.

그가 몸을 감추고 있는 지푸라기 쪽으로 다가간 수하가

작은 목소리로 입을 열었다.

"목이라도 축이시죠."

슬쩍 얼굴 부분만 드러나게 지푸라기를 치워 준 수하는 곧 누워 있는 이지강의 입에 바가지를 조심스레 가져다 댔다.

바짝 마른 입술과 핏기 없는 얼굴이 그의 상태가 얼마나 좋지 않은지를 말해 주는 듯싶었다.

물을 마시는 것조차 힘겨웠는지 어렵사리 한 모금을 삼키는 그를 보며 수하가 입을 열었다.

"이대로 여기 있다가는 결국 죽습니다. 어떻게든 의원에게 가야……."

"……움직이지 마라. 명령이다."

쇳소리 같은 목소리로 이지강이 말을 내뱉었다.

그날 마주했던 세 명의 무인.

그들은 괴물이었다.

전혀 본 적도, 들은 적도 없는 이들이었음에도 불구하고 그 세 명은 별동대를 휩쓸었다. 그토록 강한 이들과 싸우다 입게 된 내상으로 인해 이지강의 몸 상태는 좋지 못했다.

그처럼 위험한 적과 마주한 상황에서 그나마 이렇게 여섯이나 살아서 도망친 것이 기적이었다.

이 조 조장인 혜정과 삼 조 조장 남궁격의 희생이 아니었다면 이렇게 많은 인원이 살아 있는 건 불가능했을 게다.

처음엔 정면으로 붙었지만, 순식간에 열세로 몰리게 되면서 별동대는 빠르게 자리를 이동하며 싸움을 이어 나갔다.

이지강은 선두에서 싸웠지만, 셋 중 두 명의 합공에 당해 얼마 안 돼 큰 부상을 입고야 말았다.

그런 그를 구하기 위해 혜정과 남궁격이 시간을 벌어 줬고, 덕분에 높은 절벽이 있는 곳까지 도망칠 수 있었다.

허나 막고 있던 이들을 정리한 사내 중 둘이 자신들의 뒤를 빠르게 쫓았고, 결국 절벽까지 도망치는 데 성공했던 별동대 무인들 열 몇 명은 아래로 몸을 던졌다.

물론 절벽 아래로 뛰어내리는 별동대를 사내들이 가만히 내버려 뒀을 리가 없다. 그들은 빠르게 절벽으로 움직이며 손에 들린 암기를 내던졌다.

매섭게 파고든 암기들이 절벽에서 떨어져 내리던 별동대 무인들 몇몇의 숨통을 끊어 놨다.

떨어지는 과정에서 이지강은 날아드는 암기를 확인했고, 망가진 몸으로도 내력을 쥐어짜며 그것을 막아 냈다. 동시에 검을 절벽의 벽면에 틀어박았다.

그리고 가까이에 있던 이들의 손목을 잡아채며 빠르게 다른 이들을 잡으라고 명령했다.

그렇게 가까스로 서로를 잡아 낸 자들이 바로 이곳에 남아 있는 이들이었다.

결국 내력으로 날아드는 암기를 쳐 내긴 했지만, 그것이 이지강이 할 수 있는 마지막 발악이었다. 힘을 잃은 그는 결국 검을 놓치며 아래로 추락했고, 물살에 휩쓸려 인근에 도착할 수 있었다.

수하들이 혼절한 그를 업고 서둘러 찾아낸 곳이 바로 이 무너질 것같이 허름한 인가였다.

이지강이 힘겹게 말을 이었다.

"움직이면…… 발각된다."

"압니다. 하지만 지금 이 상태로도 답이 없는 건 매한가지입니다. 저희를 구하러 올 이들이 없잖습니까."

당장에야 전혀 움직이지 않고 있으니 찾지 못하고 있지만 들키는 것도 결국 시간문제다. 인근을 샅샅이 뒤지다 보면 아무리 숨어 있어도 들통이 나는 건 피할 수 없었다.

그리고 지금 이 상황에서 그들과 다시 만나게 된다면 단 한 명도 살아서 빠져나가지 못할 것이다.

그 누구도 구하러 올 이가 없다는 수하의 말에 이지강이 다시금 입을 열었다.

"있다. 우리를…… 구하러 올 사람이…… 있다."

"저희를 구하러 올 사람이 있단 말입니까?"

입을 열기가 힘들었는지 이지강은 대답 대신 고개를 작게 끄덕였다.

그가 계속해서 간절히 기다리고 있는 사람.

그건 바로 천무진이었다.

적화신루의 정보력도 눈으로 봤었고, 천무진이라는 사내의 진짜 정체도 알고 있다.

그랬기에 아주 희박한 확률이긴 하지만 그가 자신들을 찾아 주기를 간절히 바라고 있었다.

'부탁합니다. 당신이 와야 이들이 살 수 있습니다.'

제일 부상이 심한 건 이지강이었지만, 나머지 중상을 입은 둘 또한 상태가 그리 좋지는 않았다. 이렇게 치료도 받지 못하고, 식사 또한 전혀 할 수 없는 상황이 길어지고 있으니 호전 속도가 더딜 수밖에 없었다.

이지강은 눈을 지그시 감은 채로 홀로 상념에 잠겼다.

'생존자는 우리가 전부겠지.'

절벽에서 뛰어내렸던 이들 중에서도 절반이 넘는 인원이 죽었다.

절벽까지 오지 못하고 길목을 막고 싸우거나, 다른 쪽으로 도망쳤던 이들 중 생존자는 없을 것이다. 그리 쉽게 놓칠 정도로 어수룩한 자들이 아니었으니까.

자신들 또한 이렇게 살아 있기는 하지만…… 사실 이건

잠시 몸을 감추고 있는 것일 뿐, 결론적으로 그들의 손아귀에서 벗어난 건 아니었다.

움직이는 순간 곧 들통이 나고 죽게 될 상황.

그랬기에 이지강은 더욱 천무진의 도움이 간절했다.

자신의 목숨 때문이 아니었다.

별동대를 이끌던 수장으로서 수하들을 죽음으로 내몰았다는 사실이 너무도 괴롭게 느껴졌다.

그나마 살아 있는 자신을 제외한 이 다섯 명, 이들이라도 어떻게든 살리고 싶은 것이 바로 이지강의 마음이었다.

'뭔가 우리가 이곳에 있다는 걸 알릴 방도가 있다면 좋을 터인데…….'

허나 아쉽게도 천무진에게 자신이 살아 있음을 알리려 하다가는 반대로 적들에게 노출될 확률이 컸다. 그랬기에 이지강은 이곳에 숨어 천무진이 자신을 찾아 주기를 기다리는 것밖에는 할 수 있는 것이 없었다.

그렇게 그가 간절히 천무진을 기다리고 있는 그때였다.

지푸라기 속에 모습을 감추고 있던 누군가가 천천히 몸을 일으켜 세웠다. 그는 자신의 얼굴에 붙은 지푸라기들을 신경질적으로 탁탁 털어 내고는 이내 몸을 완전히 일으켜 세웠다.

그렇게 지푸라기 속에서 모습을 드러낸 이의 정체는 다름 아닌 당자윤이었다.

언제나 화려한 행색의 그였지만, 지금은 상황이 상황이니만큼 평소와 많이 달랐다.

얼굴에는 거뭇거뭇한 것들이 잔뜩 묻어 있었고, 옷에서는 거지처럼 냄새가 풀풀 풍겼다. 그는 방금 전까지 지푸라기 속에 숨어 이지강과 다른 이의 대화를 엿들은 상태였다.

가뜩이나 이곳에 숨어 죽을 날을 기다리는 것 같은 상황이 너무도 마음에 들지 않았던 그다.

'이곳에서 기다리고만 있으라고? 웃기지 말라 그래. 다치더니만 제정신이 아니군.'

당자윤은 이지강의 선택이 옳지 않다 여겼다.

다른 누군가가 자신들을 구하러 올 거라는 말을 거짓말이라고 여긴 것이다.

그리고 설령 구하려는 자들이 온다 한들, 결국 죽이려고 혈안이 된 그들이 먼저 자신들을 찾을 게 분명했다.

당자윤이 천천히 자리에서 일어났다.

"무슨 일이야?"

죽은 듯이 있어야 할 당자윤이 움직이려 하자 중년의 사내가 물었다. 그러자 그가 아무것도 아니라는 듯 짧게 대꾸했다.

"목이 좀 말라서요. 물이라도 좀 더 마시고 오겠습니다."

"그런 일이라면 내가……."

"계속 고생하셨는데 조금 쉬시지요. 어차피 바로 코앞이고 전 부상이 그리 크지 않아 움직이는 데 별다른 제약이 없습니다."

괜찮다는 당자윤의 말에 결국 중년 사내는 고개를 끄덕였다.

"조심해서 다녀오거라."

"그리하지요."

말을 마친 당자윤은 슬쩍 입구를 빠져나가 물가가 있는 곳으로 방향을 틀었다.

하지만…….

잠시 몸을 움직이던 당자윤이 빠르게 방향을 바꿨다. 그의 시선이 점점 멀어지는 허름한 인가로 향했다.

처음 그곳을 나올 때부터 당자윤의 계획은 하나였다. 그들을 두고 도망치는 것.

어쩌면 이게 더 나을 수도 있었다.

큰 부상으로 짐이 될 이들을 버리고 혼자 움직이니 들통 날 확률도 적었다.

'개죽음은 당신들이나 당하라고. 난 어떻게든 빠져나갈 테니까.'

어차피 이곳에서 모두 죽을 놈들이니 저들의 시선 따위, 신경 쓸 이유가 없었다.

당자윤은 혹여라도 잡힐까 걱정이라도 되는지, 보다 빠르게 움직였다.

슉슉.

자그마한 경상을 입은 것이 전부였기에 그는 움직이는 것이 그리 어렵지 않았다. 다만 하나 힘든 것은 며칠째 쫄쫄 굶은 탓에 허기가 진다는 점이었다.

그렇게 한참을 움직이던 당자윤의 눈에 인가 하나가 모습을 드러냈다.

그곳은 아주 자그마한 마을이었다.

시간은 어느덧 저녁 시간, 곳곳에서는 음식을 하는 냄새가 가득했다.

마른침을 삼키며 은밀하게 마을로 다가간 당자윤이 안으로 침투해 들어갔다.

휙휙!

몸을 날려 담장을 곧바로 넘은 그는 인기척을 확인하며 음식 냄새가 나는 주방으로 향했다. 다행히도 그가 들어간 집의 주방에는 아무도 보이지 않았다.

저녁 식사를 옮기려 하고 있었는지 쟁반 위에는 음식들이 가득했다.

기름진 음식들을 보는 순간 당자윤은 참지 못하고 그쪽으로 다가갔다.

와락.

손으로 음식을 움켜쥔 그는 허기진 배를 달래려는 듯 게
걸스럽게 그것들을 입 안으로 욱여넣기 시작했다. 며칠째
쫄쫄 굶었던 배는 어서 음식을 더 넣어 달라는 듯 요동쳤다.

꾸르륵, 꾸륵.

그렇게 막 당자윤이 옆에 놓여 있던 닭고기의 다리를 거
칠게 뜯어 입에 욱여넣는 바로 그때였다.

"어이, 꼬마야."

들려오는 섬뜩한 목소리에 입을 음식을 밀어 넣던 당자
윤은 등골이 오싹해짐을 느꼈다.

그는 서둘러 입 안에 있는 음식을 삼켰다. 그러고는 이내
부드러운 표정을 지은 채로 몸을 돌리며 입을 열었다.

"제가 허기가……."

조용히 넘어가기 위해 얼마라도 지불하려고 했던 당자윤
이다. 하지만 그의 말은 이어질 수 없었다.

뒤돌아서 본 그곳에는 익숙한 얼굴이 있었으니까.

씨익 웃으며 서 있는 중년의 사내.

바로 별동대를 갈기갈기 찢어 놓았던 그 세 명의 괴한들
중 하나였다.

그 사내가 웃는 얼굴로 입을 열었다.

"우리 구면이지?"

알아보지 못하길 바랐다.

하지만 아쉽게도 상대는 당자윤의 얼굴을 너무도 잘 알고 있었다.

그가 성큼 다가서며 말했다.

"너무 겁먹지 말라고. 넌 참 운이 좋은 놈이구나. 특별히 너한테…… 기회를 줄 생각이거든."

"기, 기회가 뭡니까?"

긴장한 기색으로 되묻는 당자윤을 향해 사내가 웃는 얼굴로 말을 받았다.

"뭐긴 뭐겠어. 네가 살 수 있는 기회지."

2장. 강림

— 검을 다오

　해가 진 시각, 일련의 무리가 강줄기를 따라 모습을 드러
냈다.

　선두에는 두 명의 사내가 있었는데 그들의 정체는 다름
아닌 별동대를 전멸시킨 괴한들이었다.

　세 명 중 한 명은 다른 임무를 위해 움직인 탓에, 둘이서
뒤처리를 전담하고 있었다. 사실 그들은 며칠 동안 상당히
짜증이 나 있었다.

　반드시 죽였어야 할 놈들 몇 명을 놓쳤던 일 탓이다.

　어떻게든 찾아내서 죽이려 했는데 얼마나 꼭꼭 숨었는
지, 찾기가 쉽지 않았다.

사람이라면 반드시 음식이 필요하다.

그것이 설령 감자 한 알이라고 할지언정 그걸 구하기 위해서 움직였다면 결국 찾아낼 수 있었을 게다. 헌데 놀랍게도 그들의 흔적은 전혀 존재하지 않았다.

대체 어떻게 그게 가능한가 했는데…… 이제는 그 이유를 안다.

"지독한 새끼들이네. 며칠을 계속 굶고 있었다니."

말을 내뱉는 오가위(吳價瑋)라는 사내의 얼굴엔 웃음이 가득했다.

귀찮았던 그 일을 마무리 지을 수 있게 된 덕분이다.

며칠 동안 흔적을 찾지 못했던 별동대 잔당들의 위치, 그리고 생존자의 숫자와 상황까지 모두 완벽하게 알게 됐다.

그 모든 건 바로 당자윤 덕분이었다.

그가 위치를 비롯한 현재 상황에 대한 모든 걸 알려 준 덕분에 그간 찾지 못했던 별동대의 위치와 정황을 정확히 파악할 수 있었다.

그렇게 별동대를 향해 걸어가는 두 명의 사내를 스무 명에 달하는 무인들이 뒤쫓고 있었다.

저번에 놓쳤던 일을 교훈 삼아 보다 완벽한 포위망을 짜려고 하는 것이다. 이번엔 쥐새끼 하나 빠져나갈 수 없도록.

당시엔 워낙 급히 일을 진행하다 보니 수하들이 도착하기도 전에 자신들 셋만 작전에 나섰지만, 그 이후 며칠의 시간 동안 이들 모두가 도착한 상황이었다.

이번 작전에 투입하는 건 당연한 일이었다.

오가위의 옆에 있던 또 다른 사내, 마염(馬廉)이 입을 열었다.

"그나저나 그놈은 어떻게 되는 거야?"

"누구? 사천당가 그 꼬맹이?"

"응, 정말 살려 준대?"

"그럴 거라던데. 애초부터 구파일방이나 오대세가 쪽에 증인이 필요하기도 했고, 이런 식으로 얽혔으니…… 앞으로 이용해 먹을 수도 있고 말이야."

고문을 한 것도 아니다.

그저 살고 싶다면 아는 걸 말하라는 그 한마디에 동료들이 있는 곳에 대한 모든 정보를 넘긴 자다.

자신의 동료들을 아무렇지 않게 버리는 자라는 건 그만큼 두고두고 이용해 먹기에 용이하다는 의미이기도 했다.

남보다 자신만을 생각하는 극도로 이기적인 자라는 소리니까.

마염이 재차 물었다.

"사천당문 놈인데 귀찮아지지 않을까?"

"아마도 그럴 일은 없을 거다. 자기가 한 짓이 있는데 그걸 떠들 수 있겠어?"

절대 자신이 손해 볼 짓은 하지 않을 터.

자신들에 대해 떠들려면 동료를 팔아넘긴 그 사실에 대해서도 말해야 하는데, 그게 가능할 리가 없지 않은가.

그 말이 나오는 순간 오히려 잃을 게 많은 건 사천당문의 후기지수인 당자윤이었으니까.

거기다가 만에 하나 정말 미친 것처럼 모든 걸 밝히려고 한다면 그에 맞는 방비책 또한 준비되어져 있으니, 전혀 문제 될 것이 없었다.

오가위가 재미있다는 듯 말했다.

"그나저나 그 당자윤이라는 놈 때문에 김이 다 샜다니까."

"왜?"

"적어도 뭐 쑤시는 시늉이라도 하고 나서 불어야 재미가 있는데, 이놈은 뭐 물어만 봐도 술술 말해 주니 하나도 재미없더라고."

"큭, 어지간한 놈이군."

"욕심이 많아 보이더라고."

당자윤에 대한 이야기를 하며 걸음을 옮기던 두 사람의 눈에 허름한 인가 하나가 모습을 드러냈다.

제법 먼 거리였지만 둘은 단번에 알아차렸다.

마염이 입을 열었다.

"저긴가?"

"그놈 말이 사실이라면."

오가위가 덤덤하게 대답했다.

잠시 더 대화를 이어 가던 두 사람은 목적지가 가까워 오자 침묵했다. 혹시라도 자신들의 목소리를 듣고 상대들이 알아차릴 것을 방비하기 위해서다.

오가위는 당자윤에게 전해 들은 말을 상기했다.

'안에 있는 건 다섯. 경상이 둘, 중상이 셋. 그중에 우두머리인 이지강의 상태는 최악이라 했으니…….'

어린아이의 팔목을 비트는 것만큼 간단한 일이다.

허나 그런 방심이 며칠 전의 실수를 만들어 냈다. 다시는 그 같은 일이 반복돼서는 안 됐다.

이번엔 완벽하게 끝낸다.

오가위가 수하들을 향해 손짓했다. 그러자 그들이 자그마한 인가를 빼곡하게 둘러쌌다.

아직까지는 안에서 아무런 기척도 느껴지지 않는 상황.

오가위가 입을 열었다.

"시작해 보자고."

자신들을 죽이러 적들이 다가오고 있다는 사실을 모르는 인가의 내부는 소란스러웠다.

바로 사라진 당자윤 때문이었다.

물을 마시고 오겠다고 나간 그가 몇 시진이 지났음에도 불구하고 돌아오지 않고 있었다. 당자윤을 찾기 위해 경상을 입은 두 사내가 인근을 살펴보았지만 그의 모습은 보이지 않았다.

당자윤이 사라졌다는 보고를 받은 이지강의 표정은 착잡했다. 간신히 벽에 기대어 앉아 있던 그가 입을 열었다.

"못 찾았느냐?"

"네, 아무런 흔적이 없었습니다."

"큰일이군그래. 혼자 돌아다니면 위험할 터인데 어떻게든 흔적을…… 쿨럭."

말을 하다 힘에 겨웠는지 이지강은 잔기침을 토해 냈다. 기침을 하는 것만으로도 속이 흔들린 듯 그는 가슴을 움켜잡았다.

"하윽."

"제가 다시 한 번 찾아볼 터이니 염려 마시고 좀 쉬시지요."

사내가 서둘러 말했다.

가뜩이나 좋지 못했던 이지강의 안색이 더욱 하얗게 변

하는 모습에 걱정이 인 것이다.

다시 찾아보겠다는 말에 이지강은 고개를 끄덕이며 힘겹게 몸을 뉘었다. 그리고 말을 끝낸 채로 생각에 잠긴 사내의 머리는 복잡했다.

도망을 친 걸까? 아니면 혹시 무슨 일이 벌어진 걸지도 모른다. 어쩌면 음식을 구하기 위해 인근으로 움직였을 수도 있고 또…….

애써 부정적인 생각을 밀어내고 여러 가지 가정들을 그려 내고 있던 그때였다.

쿵!

들려오는 소리에 지푸라기 사이에 몸을 감추고 있던 이들이 움찔했다. 며칠을 제대로 쉬지도 못한 상황에 대부분이 무척이나 지친 얼굴들이었다.

순간 바깥에서 이곳을 포위하고 있던 오가위의 목소리가 들려왔다.

"쥐새끼들이 있다는 걸 알고 왔다. 그만 숨어 있고 나오지?"

들려오는 목소리를 듣는 순간 안가에 숨어 있던 다섯 명의 표정이 순식간에 굳어 버렸다.

그토록 얌전히 몸을 감추고 있었거늘 자신들이 있는 장소가 들통이 나 버린 것이다.

잠시 몸을 뉘었다가 일어난 이지강이 손으로 벽을 짚었다.

'……그놈이다.'

자신에게 치명상을 입혔던 자.

저 신이 난 듯한 특이한 목소리를 듣는 순간 이지강은 상대의 정체를 알아차렸다.

벽을 짚은 그의 손이 부들부들 떨렸다.

'결국 이렇게 되었구나…….'

천무진이 자신들이 있는 곳을 알아내고 나타나 주길 바랐다.

허나 처음부터 알고 있었다.

그게 얼마나 가능성 없는 바람인지 정도는.

그저 그것이 유일한 희망이었기에, 그 끈에 매달려 있었던 것뿐이다. 하지만 이제는 그 말도 안 되는 희망의 끈을 놓고, 현실로 돌아와야 할 시간이 되어 버렸다.

꾸욱.

벽을 힘겹게 짚으며 이지강이 몸을 일으켜 세웠다. 가장 큰 부상을 입고 거동조차 제대로 하지 못하던 그가 자리에서 일어나자 수하들이 놀란 듯 눈을 치켜떴다.

어서 숨으라는 듯 수신호를 하는 그들을 향해 이지강이 고개를 저었다.

이미 저들은 이곳에 자신들이 있는 걸 알고 왔다.

숨죽이고 있는다 해서 속일 수 있는 상황이 아니라는 거다. 아마 이대로 계속 버티고 있다면 아무렇지 않게 집에 불을 질러 결국 자신들이 제 발로 뛰어나오게 만들 놈들이다.

이지강이 옆에 있는 수하를 향해 손을 내밀며 입을 열었다.

"검을 다오."

"……대장."

"이 안에서 우습게 죽을 수는 없는 노릇 아니더냐."

자신의 검은 절벽에 박은 이후 잃어버린 탓에 수하의 무기를 빌리려 하는 것이었다.

이지강의 말에 지푸라기 속에 아직도 숨어 있던 그 사내가 부끄러웠는지 곧바로 몸을 일으켜 세웠다.

그가 이지강의 옆으로 다가와 말했다.

"부축하겠습니다."

"반대편은 제가 하겠습니다."

서둘러 다른 사내도 다가오며 말을 받았다.

다가온 두 사내가 이지강을 부축하려 했고, 그는 웃으며 고개를 저었다.

"마음은 고맙지만…… 내 발로 나가고 싶군."

약한 모습을 보이고 싶진 않았다.

그것이 최후의 순간일지라도.

이지강의 의지를 읽었는지 두 사내는 옆으로 거리를 벌리며 그가 나갈 수 있도록 길을 터 줬다.

중상을 입어 움직이기 힘든 두 사내를 비롯한 나머지 인원들 모두가 걸음을 옮기는 이지강의 뒤편으로 따라붙었다.

탁.

문을 열며 가장 선두에서 이지강이 모습을 드러냈다.

어둑해진 밤, 시원한 강바람이 불어오고 있었다.

뒤편에서 바짝 따라붙은 수하 하나가 빠르게 자신의 검을 내밀었다.

"받으십시오, 대장."

"고맙다."

검을 받아 든 이지강의 시선이 이내 전방에 있는 적과 주변을 완전히 포위하고 있는 이들에게로 향했다.

'……아예 빠져나갈 길을 막아 버렸군.'

며칠 전에는 다른 이들의 희생 덕분에 목숨을 부지할 수 있었다.

허나 이제는 그런 요행 또한 아예 불가능해져 버린 모양새다.

완벽하게 포위된 상황.

저들은 결코 자신들이 도망치는 걸 보고만 있지 않을 것이다.

오가위와 마염이 이지강을 바라보며 피식 비웃음을 흘렸다.

자신의 몸 하나 가누기 힘든지 비틀거리는 모양새가 실로 우습다. 그럼에도 불구하고 검을 꽉 쥐고 있는 것이 아직 포기하지 않았다는 걸 말해 주는 듯싶었다.

"뭐야, 우리랑 또 싸우려고? 생각보다 멍청한 놈이네."

"무리야. 멀쩡했을 때도 우리 상대는 아니었잖아."

오가위와 마염의 말에 이지강은 검을 앞으로 겨눈 채로 답했다.

"나는 무인이다. 내 마지막은…… 내가 정한다."

의지를 꾹 담아 내뱉은 그 말에 뒤편에 있던 수하들 또한 눈에 힘을 주며 검을 고쳐 잡았다. 이 싸움의 승패는 뻔하다는 걸 알지만, 이지강의 말대로 우습게 최후를 맞이하고 싶지는 않았으니까.

전의를 불태우는 그들의 모습에 마염이 기가 차다는 듯 웃음을 토해 냈다.

"큭큭, 그래? 어디 그 전의를 꺾는 데 얼마나 시간이 걸리는지 볼까!"

말과 함께 그가 손바닥을 휘둘렀다.

후우웅!

커다란 장력이 이지강을 향해 날아들었다. 상태가 좋지 못한 그를 지키겠다는 듯 한 명의 사내가 앞으로 나섰지만, 그 정도 되는 자가 막아 낼 수 있는 공격이 아니었다.

펑!

"크으윽!"

비명과 함께 사내는 밀려 나가며 옆으로 나뒹굴었다. 동시에 입에서는 피가 뿜어져 나왔다.

그리고 남아 있는 장력이 이지강을 덮었다.

콰콰쾅!

간신히 버티고 서 있긴 했지만, 그의 상태는 더욱 망가져 버렸다.

비명을 토하지 않기 위해 꽉 다문 입술 사이로 검은색의 피가 주르륵 흘러내렸다.

고작 한 방이었다.

그 한 방조차 어떻게 하기 힘들 정도로 지금 별동대 무인들의 상태는 좋지 못했다.

바닥을 나뒹굴었던 자가 힘겹게 몸을 일으켜 세우며 소리쳤다.

"대장을 지켜라!"

창창!

안 될 거라는 걸 알면서도 이지강의 앞을 막아선 세 명의 무인들.

그리고 그런 그들을 향해 적들이 다가가기 시작했다. 거리를 좁히는 이들의 발걸음은 거칠 것이 없었다.

버틸 힘이 없는 이들 몇 명 정도 요리하는 건 일도 아니었기 때문이다.

순식간에 끝이 날 싸움.

그런데…….

슈유우웅!

유성우가 떨어지는 듯한 굉음에 모두가 고개를 치켜들었고, 그 순간 하늘에서 하나의 신형이 떨어져 내렸다.

쿠웅!

그 신형은 정확하게 두 무리의 가운데에 착지했다. 주변으로 이는 흙먼지, 그리고 불어오는 후폭풍까지.

주변의 모든 것들이 마치 태풍을 만난 것처럼 휘몰아쳤다. 나무와 흙들, 심지어 바람까지도.

파바밧!

거미줄처럼 퍼져 나가는 충격파를 느낀 오가위와 마염은 서둘러 뒤로 몇 걸음 물러선 채로 흙먼지가 피어오른 그곳을 뚫어져라 응시했다.

생각지도 못한 상황에 오가위의 얼굴에 가득하던 미소는 사라져 있었다.

'⋯⋯뭐지?'

주변으로 흩어져 가는 흙먼지들. 그리고 그 정중앙에 있던 누군가가 천천히 몸을 일으켜 세웠다.

싸아아아.

동시에 주변으로 밀려 나가기 시작한 바람이 보다 빠르게 흙먼지들을 밀어냈다.

그렇게 모습을 드러낸 한 사내.

바람에 휩쓸려 미친 듯 펄럭이는 옷자락과 붉은 검신의 검을 쥐고 있는 모습이 너무도 특별해 보이는 인물이 그곳에 자리하고 있었다.

순식간에 적과 아군을 가리지 않고 모두의 시선이 그 한 명의 사내에게로 향했다.

유성처럼 떨어져 내려 주변의 모든 것들을 뒤흔들어 버린 모습.

그 모습은 흡사 하늘에서 신이 떨어져 내려온 것만 같았다.

천룡성의 작은 주인.

천무진이 나타난 것이다.

그가 입을 열었다.

"제가 늦었습니까?"

물어 오는 질문에 이지강이 고개를 크게 저었다.

"……아닙니다. 딱 좋게 오셨습니다."

힘겹게 말을 내뱉는 순간 목이 콱 하고 막혀 왔다.

얼마나 기다렸던 이인가.

그렇지만 그저 헛된 희망이라고만 여겼다. 자신들이 이곳에 있다는 그 어떠한 단서조차 남기지 못했으니까.

그랬기에 모든 게 끝났다 여겼다.

그런데…… 그가 나타났다.

천무진은 별동대의 생존자들을 등진 채로 입을 열었다.

"뒤에서 보고 계시죠."

천인혼의 붉은 검신이 핏빛을 뿜어 댔고, 천무진이 적들을 응시한 채로 말을 이었다.

"제가 저놈들을 어떻게 만들어 버리는지."

3장. 섬멸
─ 까불지 마

갑작스럽게 하늘에서 뚝 떨어진 천무진과 마주한 상황에서 오가위는 자신도 모르게 손바닥에 배어 나온 땀을 옷에 닦아 내다 깜짝 놀라고야 말았다.

'긴장했다고? 내가?'

상대는 고작 젊은 풋내기일 뿐이다.

그런데 대체 뭘까?

이 알 수 없는 중압감과 불안감의 정체는.

그리고 긴장한 것은 그뿐만이 아니었다. 옆에 나란히 서 있던 마염 또한 긴장한 표정으로 자리하고 있었으니까.

오가위가 애써 겁먹은 감정을 감추며 말을 꺼냈다.

"네가 누군지 모르겠지만 혼자서……."

"혼자 아니거든?"

갑자기 뒤편에서 들려온 목소리에 오가위와 마염, 그리고 이곳에 동행한 스무 명이 넘는 이들 모두가 황급히 고개를 돌려 뒤편을 확인했다.

그곳엔 언제부터 자리를 잡고 있었는지 단엽이 서 있었다.

오가위와 마염의 당황한 표정을 보며 단엽이 귀를 후비며 중얼거렸다.

"나 하나로 놀라기는 이를 텐데. 너희 완전히 포위됐거든."

단엽의 그 말을 듣고서야 그들은 주변을 두리번거렸다.

그리고 그들의 뒤편에 적당한 거리를 두고 자리한 백아린과 한천 또한 확인할 수 있었다.

천무진을 포함한 네 명이 순식간에 그들을 가둬 놓은 듯한 모양새였다.

물론 이토록 적은 숫자로 이 인원들을 도망치지 못하게 완벽히 포위하기 위해서는 그 개개인이 말도 안 되는 무위로 적들을 찍어 누를 수 있어야겠지만 말이다.

자신들이 알아차리기도 전에 네 개의 방위를 모두 점해 버린 적들의 모습에 그들이 놀라고 있는 때였다.

단엽이 빠르게 물었다.

"주인, 어떻게 할까? 힘 조절해, 말아?"

"물어서 뭐해. 그냥 하고 싶은 대로 다 박살 내 버려."

"뭐 그렇다면야."

쾅쾅.

단엽이 자신의 주먹끼리 부닥치며 눈을 빛냈다.

자신만만해 보이는 이 네 명을 보며 오가위와 마염은 서로를 바라봤다.

둘은 짧게 고개를 끄덕였다.

상대의 정체는 모르겠지만, 자신들의 실력을 믿었다.

'우리는 특별해. 그런 우리가 저런 놈들에게 질 리가 없지.'

마음을 다잡은 오가위가 명령을 내렸다.

"지금 나타난 놈들부터 모두 죽이고, 무림맹 별동대를 처리한다."

명령을 전달받은 수하들은 각자의 무기를 쥔 채로 가까이에 있는 상대를 응시했다. 겉보기엔 그리 강해 보이지 않는 이들.

거기다가 이들의 등장에 무림맹 별동대의 인원들은 다른 의미로 당황하고 있었다.

천무진이나 백아린, 한천의 얼굴을 알기 때문이다.

그랬기에 그들은 지금 이 상황이 더욱 이해가 가지 않았다.

특별한 임무를 띠고 사라지긴 했지만, 이 셋 모두가 그리 대단한 무인들은 아니었다.

무림맹에 들어온 지 얼마 안 되는 이들.

그런 그들이 자신들조차 어찌하지 못하는 이들을 막아서 겠다고 나선 것이다.

그 모습이 이상하기도 했지만 아무도 선뜻 나서지 못하는 건 천무진이 나타났을 때 이지강이 보였던 반응 때문이었다.

훨씬 어린 천무진에게 공손하게 말을 하는 걸로 모자라, 그가 나타난 직후부터 한결 편안해진 얼굴까지.

직전까지만 해도 투지를 불태우던 이지강이 검을 쥔 채로 그저 이 싸움을 구경하는 방관자가 되어 있었던 것이다.

별동대 쪽 사내 하나가 조심스레 입을 열었다.

"저 녀석은 무진 아닙니까."

"맞아."

"저희도 도와야 하지 않을까요?"

"지금 우리는 도움은커녕 방해거리만 될 게야. 우선은 두고 보자고."

이지강과 별동대 사내가 나누는 대화를 오가위와 마염

또한 들을 수 있었다.

정체 모를 이자는 무림맹과 연관이 있는 자로 보였다.

그런데 무진이라는 이름은 너무도 생소했다.

'무진이라는 이름은 들어 본 적이 없는데…….'

오가위가 천무진이 무림맹에서 쓰는 무진이라는 이름에 대해 고민하는 그 찰나 싸움이 시작되었다.

백아린을 향해 네 명의 무인들이 빠르게 몸을 날렸다.

파앙!

순식간에 밀려드는 네 개의 그림자.

백아린이 힐끔 그 그림자들을 확인하며 손을 재빠르게 등 뒤로 넘겼다.

동시에 손에 잡히는 대검의 손잡이.

그녀가 낮게 몸을 낮추면서 대검을 휘두르며 회전했다.

부웅, 붕!

파파팟!

순간 놀랍게도 주변으로 파도처럼 검기가 휘몰아쳤다. 자신 있게 달려들었던 이들이 뒷걸음질 치는 것은 순식간이었다.

파파파팡!

특별한 훈련을 받은 빼어난 무인들이다.

그런 그들이 백아린의 일격에 놀란 듯 마구 물러났다. 가까스로 공격을 받아 낸 그들, 하지만 안타깝게도 그녀의 움직임은 막 시작되었을 뿐이었다.

부웅!

순식간에 허공을 가르고 날아든 그녀의 대검이 그들 사이를 정확하게 파고들었다.

쾅!

폭발하는 소리와 함께 주변으로 그들의 몸이 튕겨져 나갔다.

"컥!"

함께 튀어 나간 돌에 가슴을 적중당한 한 명이 주춤할 때였다.

백아린의 대검이 빠르게 그자의 가슴을 베고 지나갔다.

퍽.

몇 번 되지도 않는 공격에 한 명의 무인이 쓰러졌고, 나머지 상대들도 주춤거리며 밀려 나가던 상황에서 한천 또한 적들 사이로 파고들고 있었다.

슉슉.

빠르게 움직이는 검이 순식간에 상대의 목을 노리고 날아들었다.

특유의 좌수검법으로 상대의 검로를 끊고 들어가는 공격은 치명적이었다.

둘이 움직이자 단엽이 주먹을 움켜쥔 채로 적들을 향해 성난 황소처럼 달려들었다.

"간다!"

쾅쾅쾅!

주먹을 마구 휘젓는 순간 사방팔방으로 적들이 밀려 나갔다.

순식간에 적들을 휩쓸어 버리는 세 명의 모습에 모두의 시선이 잡혀 있는 그때였다.

천무진이 입을 열었다.

"어이, 그쪽에 신경 쓸 여유가 있을까?"

말과 함께 천무진의 손에 들린 천인혼이 허공을 주욱 그었다.

그 순간 주변으로 아지랑이가 일 듯 공기 중에 묘한 변화가 보이며 이내 모든 공간이 휘날리는 꽃잎으로 뒤덮였다.

천룡비공 무수화가 순식간에 쏟아져 나왔다.

스윽, 슥.

은밀히 날아드는 꽃잎, 그렇지만 그 위력은 파괴적이었다.

쿠웅!

마구 터져 나가는 주변의 모습을 보며 오가위와 마염이 날아올랐다.

둘의 몸이 쏜살같이 떨어져 내렸다.

차르르륵.

오가위의 무기는 평범한 검이었지만, 마엽의 무기는 조금 특이했다. 겉보기엔 평범한 검처럼 생겼지만, 대나무처럼 낭창낭창 휘는 연검의 일종이었다.

두 개의 검이 순간적으로 천무진에게 밀려들었다.

그 모습을 보고 있던 이지강은 자신도 모르게 주먹을 움찔하고 움켜쥐었다.

이지강 또한 저 두 명의 협공에 당해 지금의 이 상태가 되어 버렸기 때문이다.

두 개의 방향을 노리고 날아드는 검.

거기다가 검날이 마구 휘어 대는 연검이라는 특징 때문에 검로를 예측하기 어려운 공격이 쏟아져 나왔다.

천무진은 쥐고 있는 천인혼을 바삐 좌우로 번갈아 움직였다.

탕탕.

협공을 가하고 있었지만 천무진은 쉽사리 둘의 공격에 말려들지 않았다. 오히려 침착하게 공격을 막아 내는 것과 동시에 둘이 만들어 가고 있는 움직임을 조금씩 헤집고 있었다.

'뭐가 이래?'

자연스럽게 이어져야 할 합공인데, 자꾸 맥이 끊기자 마염은 조급해졌다.

좌륵! 좌르르륵!

연검의 날이 부르르 떨리며 천무진을 찔러 왔다.

뒤에서 치고 들어가야 할 오가위와 움직임이 어긋나는 그 짧은 찰나, 천무진은 그 기회를 놓치지 않았다.

몸을 옆으로 비틀어 연검을 흘려보내며 순간적으로 가까워진 거리.

천무진이 주먹을 치켜들었다.

"까불지…… 마!"

쾅!

날아드는 주먹을 어렵사리 받아 내긴 했지만, 그 힘은 상상 이상이었다. 마염의 몸이 밀려 나가는 그 찰나였다.

천무진의 몸이 회전하며 천인혼에 순간적으로 내력을 쏟아부었다.

파앙!

강기가 귀신처럼 솟구쳐 오르며 주변을 휩쓸었다.

쿠카카카캉!

강기의 표적이 되었던 오가위가 공격을 펼치던 검을 황급히 회수하며 날아드는 공격을 받아 냈다.

천무진의 강기는 겨울날의 차가운 바람처럼 그의 전신을 훑고 지나갔다.

피피피핏.

팔과 다리를 비롯한 신체 곳곳에 얇은 상처가 생기면서 피가 솟구쳐 올랐다.

허나 오가위 또한 절정의 경지에 다다른 무인.

그대로 당하고 있지만은 않았다.

"흐아압!"

땅을 발로 강하게 디디며 천무진을 향해 검기가 휩싸인 검을 대각선으로 들이밀었다.

지지 않겠다는 듯 천무진 또한 날아드는 그의 검을 받아 냈다.

카카캉!

두 개의 검날이 충돌하며 주변으로 불꽃이 튀었다. 그렇게 서로가 검을 맞대고 있는 찰나 밀려 나갔던 마염이 다시금 달려들었다.

스윽.

뱀처럼 아래에서 위로 솟구쳐 오르는 그 공격은 피하기 무척이나 까다로워 보였다.

거기다 검까지 맞대고 있어 움직임이 한정적일 수밖에 없는 상황.

검이 천무진의 가슴을 반으로 갈랐다.

아니…… 그렇게 착각을 불러일으켰다.

분명 베었거늘 손에는 아무런 감각도 느껴지지 않았다.

'이형환위!'

몸을 도약하여 순간적으로 위치를 바꾸는 경신술이다. 너무도 빨라 잔상만이 남는다는 최상승의 경신술 중 하나.

마염은 뒤편에서 풍겨 오는 섬뜩한 무언가를 느꼈다.

그는 망설이지 않고 곧바로 앞으로 몸을 날렸다.

스윽.

머리보다 몸이 먼저 반응했음에도 불구하고 천무진의 천인혼이 그의 등에 깊은 상처를 만들며 스쳐 지나갔다.

등에서 터져 나온 피가 옷을 붉게 적셨다.

"으윽."

마염이 베이는 걸 보며 오가위가 빠르게 달려들었다.

"이놈!"

천무진은 자신을 향해 날아드는 검을 어깨너머로 힐끔 바라봤다. 그러고는 이내 검을 빠르게 왼손으로 바꿔 쥐었다.

왼손에 쥔 검을 천무진은 곧바로 어깨 위로 들어 올렸다.

몸을 반쪽 내겠다는 듯 날아들던 오가위의 검이 천인혼에 막혀 멈춰 버리는 그 틈이었다.

천무진은 그대로 천인혼을 맞댄 채 몸을 뒤로 밀고 들어갔다.

차르르르.

검을 타고 올라가듯 빠르게 다가간 천무진은 즉시 팔꿈치로 명치를 가격했다.

비어 있던 명치에 내공이 실린 공격이 제대로 틀어박히자 그의 상체가 흔들렸다.

지척의 거리, 그리고 흔들린 균형까지.

천무진의 천인혼이 순식간에 그 틈을 파고들었다. 목을 베기 위해 다가온 천인혼을 보며 오가위는 식겁할 수밖에 없었다.

'……죽는다!'

조금만 더 다가오면 당장에 목이 떨어져 나갈 상황이었기에 그로서는 피해를 감수하더라도 목숨부터 지켜야만 했다.

그는 그대로 날아드는 천인혼을 팔뚝으로 막아 냈다.

콰드드득.

섬뜩한 소리와 함께 오가위의 왼쪽 팔이 완전히 찢겨져 나갔다. 동시에 엄청난 양의 피가 땅으로 쏟아져 내렸다.

"이잇!"

고통이 밀려들었지만 이렇게 지척에서 머뭇거리다가는 이번엔 목이 날아가 버릴 거라는 걸 알기에 오가위는 반대편 손으로 천무진을 밀쳐 내며 다급히 뒤로 몸을 움직였다.

팔을 움켜쥔 오가위의 안색은 새하얗게 질려 있었다.

"어이! 괜찮아?"

놀란 마염의 목소리에 오가위가 고통스러운 표정으로 버럭 소리를 내질렀다.

"시팔! 괜찮게 생겼어?"

항상 여유 가득한 웃음으로 상대방을 가지고 놀던 오가위다. 그랬던 그가 천무진과의 싸움이 시작된 이후로는 단 한 번도 웃지 못했다.

시종일관 몰아붙이는 그 막강한 공격을 버텨 내는 것만으로도 급급했으니까.

덜렁거리는 왼손은 이미 완전히 망가져 있었다.

거기다가 계속해서 밀려드는 끔찍한 고통까지.

팍팍!

오가위는 서둘러 왼쪽 팔의 혈도를 점혈해서 더는 피가 흐르지 않도록 응급조치를 취했다. 이대로 뒀다가는 싸움이고 뭐고 과다 출혈로 쓰러져도 이상할 게 없었기 때문이다.

점혈을 했음에도 불구하고 그는 땀이 줄줄 흘러내림을 느꼈다.

"너 이 새끼…… 누구야? 무진? 그게 진짜 네 이름은 맞아?"

숨을 헐떡이며 힘겹게 던진 질문.

물어 오는 질문에 천무진이 고개를 끄덕였다.

"맞아. 그게 내 이름이야."

"젠장. 난 그딴 이름 들어 본 적 없다고."

자신 하나만을 감당해 내는 것만 해도 놀라울 법한 상황에 지금 저 젊은 사내는 자신과 비슷한 수준의 무인 마염까지 함께 상대하고 있다.

그것도 둘을 압도하면서 말이다.

그랬기에 더더욱 믿을 수 없었다.

그런 상대가 이름조차 알려지지 않은 무명소졸이라는 사실이.

이름을 들어 본 적 없다 말하는 오가위를 향해 천무진이 퍼뜩 생각난 듯 입을 열었다.

"아 참, 성을 빼먹었네."

천무진이 자신을 바라보고 있는 오가위를 향해 말을 이었다.

"나는 천씨야."

"천씨? 천…… 무진?"

천씨 성을 붙인 채로 되뇌던 그의 눈동자가 점점 커졌다. 그리고는 이윽고 뭔가를 깨달은 오가위가 기겁한 표정으로 중얼거렸다.

"천룡성의 천무진?"

그들과 관련 있는 자였기에 오가위는 천무진의 정체를 알고 있었다.

오가위의 입에서 나온 천룡성이라는 말에 맞은편에서 살기를 뿜어내던 마염도, 한쪽에서 이 싸움을 보고만 있던 무림맹 별동대들조차 기겁한 표정을 지어 보였다.

천룡성의 무인이 눈앞에 있다는 사실에 놀라고야 만 것이다.

전설의 문파 천룡성.

그리고 그 천룡성의 인물인 천무진.

자신을 향한 수많은 이들의 시선을 느끼며 천무진이 답했다.

"맞아, 그게 바로 나야."

*   *   *

너무도 담담하게 자신의 정체를 밝힌 천무진이 놀란 적들을 응시하며 가볍게 어깨를 으쓱하고는 입을 열었다.

"내 정체가 중요한가? 그보다 너희들 목숨이 날아가게 생겼다는 걸 더 신경 써야 할 거 같은데."

오가위와 마염이 데리고 온 스무 명의 수하들 중에는 이제

서 있는 이들을 찾아보기 어렵게 되어 버렸다. 그들 정도를 처리하는 건 천무진 일행 중 한 명으로도 충분히 가능한 일.

그런데 셋 모두가 함께 날뛰고 있으니 정리가 되는 건 한순간이었다.

마치 커다란 회오리가 휩쓸고 지나간 것처럼 세 사람이 움직이는 곳에 있던 이들이 순식간에 나가떨어졌다.

버티고 서 있는 수하가 채 다섯조차 남지 못한 상황.

오가위가 마염에게 전음을 날렸다.

『어쩌지?』

『이 싸움…… 못 이겨.』

냉정하게 판단하자면 이미 끝난 싸움이나 다름없다. 천무진 한 명을 상대하며 오가위는 한쪽 팔이 찢겨져 나갔고, 마염은 등이 베였다.

둘이서 눈앞에 있는 천무진 하나를 감당해 낼 수 없거늘, 뒤편에서 날뛰는 나머지 세 사람까지 개입하게 된다면 그 결과야 뻔했다.

시간이 흐를수록 불리하다는 걸 너무도 잘 알았기에 두 사람은 조급할 수밖에 없었다.

바로 그 순간 오가위가 뭔가를 생각해 냈다.

『정면으로는 어찌 못하니 답은 하나지.』

『뭔데?』

『우리가 죽이려고 했던 별동대 대장 놈. 그놈을 인질로 잡아야겠어.』

오가위의 전음에 마염은 절로 고개를 끄덕였다.

지금 상황에서 할 수 있는 최선의 선택이라 여겨진 것이다. 물론 그 또한 그리 간단한 일은 아니다.

천무진이 막아서고 있는 상황에서 그 뒤편에 있는 이지강을 인질로 잡는다는 건 꽤나 복잡한 일이었다.

허나 그것이 천무진을 꺾는 것보다 어려운 건 아니었다.

마염이 곧바로 답했다.

『천룡성 놈의 발은 잠시지만 내가 잡아 보지. 네가 인질을 붙잡아.』

말을 끝낸 그가 자신의 무기를 다시금 들어 올려 괜히 더 화려하게 흔들어 대기 시작했다.

연검 특유의 낭창거리는 움직임이 단번에 시선을 잡아끌었다.

슉슉.

마치 뱀처럼 요리조리 휘둘리는 연검을 쥔 채로 마염이 슬쩍 거리를 좁혔다.

스스슥!

몸을 날린 마염의 연검이 기기묘묘한 변화를 선보이며 천무진에게 밀려왔다.

창창창.

천인혼이 그 모든 변화를 단번에 집어삼키는 그 찰나 오가위가 슬그머니 옆으로 움직였다.

목표는 하나, 바로 천무진의 뒤편에 있는 이지강이었다.

그를 잡아서 어떻게든 이 위기를 빠져나가는 것만이 지금 할 수 있는 최선의 선택이었다.

옆으로 치고 나가는 오가위의 모습이 보였지만…….

천무진의 눈은 다시금 앞으로 향했다.

그곳에서는 잠시 밀려 나갔던 마염이 다시금 검을 휘두르며 달라붙어 오고 있었다.

촤촤촤촤촤악!

천무진의 눈동자가 움직이는 오가위에게로 향하는 걸 마염 또한 알아차렸다. 그랬기에 곧바로 이처럼 매섭게 내공을 실은 공격을 펼치고 있는 것이다.

분명 그쪽으로 움직일 거라는 확신이 있어서다.

만약이라도 오가위를 막으려 든다면 빈틈을 파고들어 타격을 입힐 수 있다 생각했고, 설령 실패한다고 해도 최소한 발이라도 붙잡을 수 있다 여겼으니까.

그런데…… 그런 마염의 계획이 어그러졌다.

뒤편으로 움직일 거라 여겼던 천무진이 그쪽에다가는 관심조차 주지 않고 도리어 마염을 향해 달려든 것이다.

'이런!'

예상치 못한 움직임에 마염은 다급히 검로를 바꿔야만
했다. 허나 변해 가는 그 움직임을 천무진이 놓칠 리가 없
었다.

천인혼이 정확하게 틈을 헤집고 들어왔다.

카카카캉!

연달아 끌리는 검, 동시에 천인혼에서 뿜어져 나온 강대
한 기운을 견뎌 내지 못한 연검이 결국 밀려 나갔다.

허나 그것이 끝이 아니었다.

파앙!

천인혼과 충돌한 연검이 허공에서 조각조각 나며 힘이
밀려오는 반대 방향으로 튕겨져 나갔다.

그리고 그 방향에는 마염이 있었다.

퍽퍽퍽!

깨진 연검들이 몸에 틀어박히며 마염이 바닥으로 떨어져
내렸다.

그리고 그런 그의 몸을 밟은 채로 천무진 또한 착지했다.

쾅!

발로 마염을 땅에 처박아 버린 천무진이 고개를 돌리며
소리쳤다.

"백아린!"

입에서 터져 나온 백아린이라는 이름.

그때 오가위의 뻗은 손이 막 이지강을 향해 날아들고 있었다.

허나…….

번쩍!

날아든 대검이 뻗어진 오가위의 손을 날려 버렸다.

동시에 대검과 함께 몸을 던진 백아린이 허공에서 독수리처럼 떨어져 내리고 있었다.

쾅!

하늘에서 날아드는 발이 정확하게 오가위의 안면에 적중했다. 그는 피를 뿌리며 그대로 뒤로 날아가 처박혔다.

"컥컥."

바닥에 쓰러진 그는 고통으로 몸부림치며 동시에 박살이 난 이를 뱉어 냈다.

천무진으로 인해 왼쪽 팔이 완전히 날아갔던 상황이다. 그 직후에 백아린이 날린 대검에 오른손이 잘렸다.

두 팔이 모두 망가진 그 찰나에 날아든 발길질이었기에 막아 내는 것이 불가능했다.

갑자기 달려드는 오가위 때문에 움찔했던 이지강은 거의 코앞에서 날아가 버린 그의 모습을 확인하고서는 안도의 한숨을 내쉬었다.

더불어 자신의 앞에 착지한 백아린을 놀란 눈으로 바라봤다.

그녀의 기민한 움직임 때문이다.

'적화신루에 어찌 이런 무인이……'

청아원 사건을 마무리 지을 때 본 백아린의 뛰어난 추리력에 놀랐던 기억이 있다. 그렇지만 그건 이 여인이 가진 능력의 일부에 불과했던 모양이다.

백아린이 천무진에게 시선을 줬고, 이미 마염을 쓰러트린 그가 성큼 오가위를 향해 다가갔다.

피를 토하며 쓰러져 있는 오가위는 이미 치명상을 입어 헐떡이고 있었다. 양쪽 팔이 잘리며 대량의 피를 쏟아 냈고, 백아린에게 가격당한 얼굴은 엉망이 된 상태였다.

천무진은 가벼운 손놀림으로 그를 점혈해 혼절시키고는, 이내 다른 혈도들을 눌러 피가 쏟아져 나오는 걸 멈추게 만들었다.

간단한 뒤처리가 끝나자 천무진이 백아린 쪽으로 다가갔다.

다가간 천무진이 그녀의 옆에 섰고, 그런 그를 무림맹의 별동대들은 경외 가득한 눈빛으로 바라보고만 있었다.

어릴 때부터 마치 오래된 전설처럼 들어만 오던 그 천룡성의 무인이 지금 자신들의 눈앞에 있었으니까.

신기했고, 또 두근거렸다.

그렇게 천무진이 모두의 관심을 끌고 있는 그때 백아린이 불만스레 투덜거렸다.

"한창 싸우고 있는데 그렇게 갑자기 전음을 보내 막아 달라는 부탁을 하는 사람이 어디 있어요? 지켜 내는 걸 실패했으면 어떻게 하려고요."

"그쪽이라면 충분히 가능할 거라는 확신이 있었거든. 봐, 내 생각대로 됐잖아."

천무진은 담담하니 대답했다.

빠져나가는 오가위를 확인하는 순간 이지강과 가장 가까이 있는 이가 누군지 확인했다. 그것이 백아린이었고, 그녀의 실력을 이제 어느 정도 확신하고 있었기에 과감하게 뒤를 맡겼던 것이다.

확신 어린 천무진의 대답에 오히려 백아린이 한 방 먹었다는 듯 웃음을 흘렸다.

이내 그녀의 고개가 옆에 있는 이지강에게로 향했다.

"괜찮으세요?"

"물론이네. 신세를 졌군."

백아린은 괜찮다 말하는 이지강을 잠시 살폈다.

대답과는 달리 몸 상태가 그리 좋아 보이진 않았다.

그녀가 걱정스레 말했다.

"몸 상태가 좋지 않아 보이시는데……."

"뭐 보는 대로네. 그래도 감사한 일이지. 목숨을 건진 것만 해도 어디인가."

말을 하는 이지강의 얼굴에는 깊은 어둠이 묻어났다. 함께 싸우다 죽어 버린 다른 별동대 무인들이 생각난 모양이다.

둘의 대화를 듣고만 있던 천무진이 입을 열었다.

"생존자는 여기 있는 이들이 전부입니까?"

이곳에는 이지강과 뒤편에 있는 네 명의 수하들만이 전부였다. 물어 오는 질문에 그가 고개를 끄덕이며 답했다.

"그렇습니다. 여기 있는 우리가…… 아, 그러고 보니 한 명이 더 있었는데."

문득 사라진 한 명의 별동대원을 기억해 낸 이지강이 나지막이 중얼거렸다. 그런 그를 향해 천무진이 재차 물었다.

"나머지 한 명은 어디 있습니까?"

"……모르겠군요."

"모른다고요?"

"예, 물을 마시러 간다고 나갔다가 갑자기 사라진 상황이라 저희도 난감해하던 중이었습니다."

"그게 누굽니까?"

"당자윤이라고 사천당문의 인물입니다."

당자윤이라는 이름을 듣는 순간 천무진과 백아린은 동시에 표정을 팍 구겼다. 그리 유쾌한 기억이 없는 상대였기 때문이다.

허나 개인적 원한으로 그냥 두고 가기는 애매했기에 천무진이 물었다.

"언제 사라졌습니까?"

"반나절 이상은 족히 되었습니다."

"그렇게나 오래 말입니까?"

생각보다 훨씬 긴 시간이었기에 천무진이 되물었고, 이지강은 대충 이곳에서 있었던 일에 대해 알렸다. 어떻게 도망을 쳤고 이곳에서 어떤 방식으로 숨어 있었는지를 말이다.

그리고 이어 당자윤이 사라졌던 당시 상황에 대해서도 말해 줬다. 모든 이야기를 전해 들으니 생각은 간단하게 정리됐다.

잡혔거나 아니면…….

'제 발로 도망쳤겠지.'

당자윤의 성품을 직접 겪어 봤기에 천무진은 잘 알고 있었다. 그는 자신의 안위를 무척이나 중요시하는 자였다. 상황이 좋지 않자 거동하기 힘든 동료들을 버리고 홀로 도망쳤을 가능성도 충분히 있었다.

이곳에 있는 이들이 모두 죽을 거라는 확신을 가졌다면 말이다.

옆에 있는 수하들의 도움으로 근처 자리에 앉은 이지강이 힘겹게 물었다.

"그런데 대체 저희를 어찌 찾으신 겁니까?"

이지강은 그 사실이 무척이나 궁금했다.

어쩌면 천무진 일행이 자신들을 찾아낼 수도 있을 거라는 일말의 희망을 가지긴 했지만, 사실 거의 불가능에 가까웠다.

그 어떠한 단서조차 남기지 못했으니까.

헌데 이들이 숨어 있는 자신들을 찾아냈다. 그 방법이 무척이나 궁금할 수밖에 없었다.

이지강의 질문이 던져질 무렵 싸움을 끝내고 근처로 다가와 있던 단엽이 갑자기 성큼 한 걸음을 내디뎠다. 그리고는 이내 등 뒤에 짊어지고 있던 봇짐을 풀어 그의 무릎으로 휙 던졌다.

얼결에 기다란 무엇을 받아 든 이지강이 눈을 동그랗게 뜬 채로 물었다.

"이게 뭔가?"

"직접 풀어 보면 알 거 아냐."

짧게 대답하는 단엽을 잠시 바라보던 그가 무릎에 있는

정체불명의 물건을 풀기 시작했다.

천에 간단하게 싸여져 있었던 탓에 안의 내용물을 확인하는 건 그리 어렵지 않았다.

천을 모두 푼 이지강이 손에 들린 물건을 바라보며 낮게 중얼거렸다.

"이건……."

"대협의 검이에요. 그것 덕분에 별동대의 흔적을 찾아낼 수 있었어요."

이지강의 손에 들려 있는 건 바로 절벽에 박혀 있던 그의 검이었다. 그는 건네받은 검을 어루만지며 입가에 슬며시 미소를 띠었다.

"네 녀석이…… 우리를 살렸구나."

무인에게 무기란 단순한 싸움의 도구가 아니다.

때로는 어떠한 가족이나 친구보다도 가깝고, 생명을 함께하는 단 하나뿐인 동료가 되기도 한다.

그리고 종종 무기가 주인의 목숨을 살렸다는 이야기가 나오기도 한다.

언제나 귓등으로 가벼이 넘겼던 그 말.

헌데 우습게도 자신의 검이 그 같은 일을 해낸 것이다.

백아린이 슬그머니 천무진에게 말을 걸었다.

"이제부터 어떻게 할 생각이에요?"

"우선은 빠르게 무림맹에 돌아가야지. 이곳에 계속 있다가는 또 무슨 일이 벌어질지 모르니까."

"당자윤은 어떻게 할까요? 미리 말씀드리는데 그자까지 우리가 직접 찾는 건 좀 아닌 것 같아요."

"나도 마찬가지야. 굳이…… 찾지 않아도 될 것 같기도 하고."

대놓고 말하진 않았지만 백아린은 천무진이 무슨 생각을 하는지 알고 있었다. 그녀가 자신들이 직접 찾는 건 아닌 것 같다고 말한 이유와 일맥상통했으니까.

분명 인근에서 적들에게 잡혔을 가능성이 없는 건 아니다.

허나 그렇다면 반나절이 넘는 시간이 지나서야 적들이 이곳에 나타났다는 사실이 쉽사리 납득이 가지 않았다. 확률상 제 발로 도망을 쳤다 보는 것이 맞다.

백아린이 곧바로 답했다.

"혹시 모르니 적화신루에 그자의 용모파기를 전달해 두는 것 정도로 마무리하죠."

"그 정도면 충분해. 그보다……."

천무진은 살아남은 별동대의 대원들을 바라봤다.

아직까지도 왜 별동대가 그들의 표적이 되었는지 알 수 없는 지금, 천무진이 내린 결론은 하나뿐이었다.

천무진이 천인혼을 검집에 집어넣으며 짧게 말을 이었
다.

"서둘러 돌아가야겠어."

무림맹으로 간다.

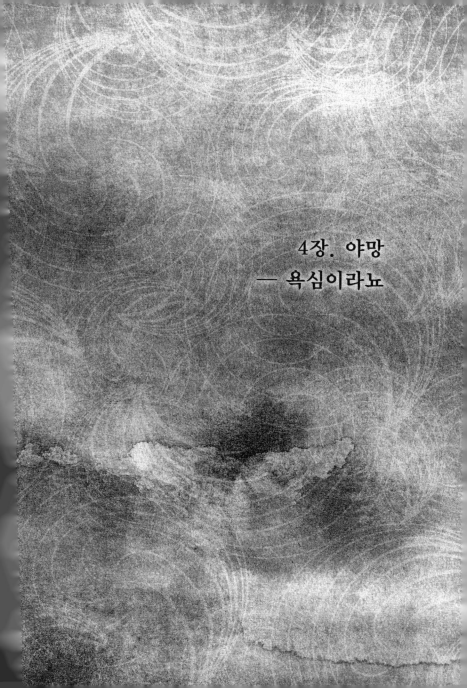

4장. 야망
— 욕심이라뇨

　덜컹 덜컹.

　달리는 마차에 앉아 있는 당자윤의 표정은 애매했다. 그
이유는 다름 아닌 맞은편에 위치하고 있는 한 여인 때문이
었다.

　나이는 이십 대 중반 정도로 보였고, 새하얀 피부와 붉은
입술이 무척이나 도드라졌다.

　반 정도 묶은 머리는 위로 올려 비녀로 고정시켰고, 나머
지는 자연스레 뒤로 늘어트린 그 여인은 왠지 모를 요염함
이 풍겼다.

　사내의 마음을 단번에 흔들 정도로 아름다운 외모.

옷차림은 화려했고, 몸에 걸고 있는 장신구들 또한 하나같이 값비싸 보였다.

그렇지만 지금 당자윤이 그녀를 신경 쓰고 있는 이유는 아름다운 외모 때문이 아니었다.

이 여인이…… 자신의 목숨 줄을 쥐고 있었기 때문이다.

별동대를 버리고 도망쳐 나온 그날 당자윤은 곧바로 잡혀 버렸다. 그리고 그들에게 별동대에 대한 모든 정보를 넘겼다. 기회를 주겠다고 말하긴 했지만, 바보가 아닌 이상 그 제안을 전부 믿지는 않았다.

허나 그럼에도 불구하고 일말의 가능성이 있기에 모든 걸 술술 불었다.

그리고 돌아온 결과.

놀랍게도 그들은 정말 약속대로 당자윤을 살려서 보내 주고 있었다. 그것도 아주 성대한 환대와 더불어 말이다.

모습을 드러내면 안 되는 상황이기에 하루의 대부분을 마차에서 보내야 하긴 했지만, 그것만 해도 어디인가.

여섯 명 정도가 항상 마차를 따라다니며 호위 중이었는데, 그 모두를 이끄는 것이 바로 눈앞에 있는 이 여인이었다.

자신의 이름을 주란(珠蘭)이라 밝힌 여인.

그녀는 자신에게 슬쩍슬쩍 향하는 당자윤의 시선을 느꼈

는지 슬그머니 고개를 돌렸다.

시선이 마주치자 움찔한 당자윤이 자연스레 어색한 미소를 머금었다.

정파의 후기지수 중 하나로 자존심이 무척 강한 그이지만 지금은 그런 걸 따질 때가 아님을 너무도 잘 알고 있었기 때문이다.

그런 당자윤을 마주 보고 있던 주란이 싱긋 웃으며 입을 열었다.

"왜요? 무슨 하실 말씀이라도 있어요?"

"아닙니다."

"아니긴요. 다 알아요. 궁금한 게 많으실 테죠. 당연한 거예요. 이해하니 굳이 감추실 필요는 없어요."

마치 사람의 속을 모두 다 안다는 듯한 저 검은 눈동자.

당자윤은 마른침을 꿀꺽 삼켰다.

며칠을 함께하며 어느 정도 알게 된 사실들 중 하나.

주란이라는 이름의 이 여인은…… 위험하다.

특별한 뭔가를 본 건 아니지만 당자윤의 감각이 그리 말하고 있었다.

거기다 수하들이 주란을 대하는 태도.

그 안에서 느껴지는 그녀에 대한 감정은 상관에 대한 공경도, 어려움도 아니었다.

두려움.

오직 그거 하나뿐이었다.

지금 동행하고 있는 그들 모두가 하나같이 범상치 않았 거늘, 그런 이들조차도 두려워한다는 것이 의미하는 바는 무엇일까?

이 여인이 겉모습만으로 판단할 상대는 아니라는 걸 뜻 했다.

그걸 알기에 당자윤 또한 최대한 주란에게 조심스레 행 동했고, 그녀는 언제나 저 뜻 모를 웃음 가득한 얼굴로 그 를 대했다.

지금 주란의 말대로 궁금한 건 너무도 많았다.

허나 그럼에도 불구하고 잘못된 질문을 던졌다가는 무슨 일을 당할지도 모르는 상황이기에 애써 말을 아껴 왔다.

그러던 차에 이어진 대화.

당자윤은 최대한 머리를 굴리며 상대가 기분이 상하지 않도록 조심스레 질문을 던졌다.

"……저는 어떻게 되는 겁니까?"

"어떻게 되긴요. 지금 이렇게 잘 모셔서 집으로 보내 드 리고 있잖아요."

눈을 동그랗게 뜨며 주란이 대답했다.

그녀의 확실한 대답에 당자윤이 다소 커진 목소리로 되

물었다.

"정말 이대로 그냥 보내 주시는 겁니까?"

"그럼요."

당연하다는 듯한 대답.

가장 궁금했던 사안을 확인하자 당자윤은 속으로 안도의 한숨을 내쉬었다.

허나 그 또한 알고 있었다.

자신을 살려 준다는 것이 그렇게 단순한 문제가 아니라는 것 정도는.

그랬기에 당자윤이 직접적으로 물었다.

"제가 뭘 하면 됩니까?"

자신을 살려 주는 것에는 분명 이유가 있을 터.

그게 뭔지 알아야 했다.

당자윤의 질문에 주란의 눈동자가 가볍게 꿈틀했다.

그녀가 답했다.

"……명문정파의 자제분이라 그러신가. 참 영특하시군요."

감춰야 할 이유는 애초에 없었다.

당자윤의 예상대로 그를 굳이 살려 주는 건 확실한 이유가 있어서였으니까.

주란이 곧바로 말을 이었다.

"별거 아니에요. 그저…… 우리를 위해 종종 힘을 좀 써 주시면 돼요."

"그 힘을 쓸 일이란 게 뭡니까?"

걱정스러워 보이는 당자윤의 모습에 주란이 가벼운 미소와 함께 답했다.

"아, 걱정할 거 없어요. 그렇게 어려운 일은 없을 테니까요. 그리고 이미 무림맹 내에는 저희와 뜻을 함께하고 움직이시는 많은 분들이 있거든요. 그냥 그들과 함께한다, 정도로만 생각하시면 조금 마음이 편하실 거예요."

"무림맹에 말입니까?"

"네, 그러니 전혀 걱정하실 것 없어요. 소협이 앞으로 저희를 위해 나서 주실 일은 결코 지금 지니신 신분을 흔들리게 만들지 않을 테니까요. 그냥 정파의 후기지수로 끝내실거 아니잖아요? 쭉쭉 나아가셔야죠. 사천당문을 대표하는 인물로, 그리고 훗날엔 가주까지도 노려볼 만한 그릇이라 생각해요."

그저 가볍게 대답하는 것 같았지만 지금 주란의 말 하나하나는 완벽하게 짜여 있었다. 당자윤이 무엇을 두려워하고, 또 어떠한 성격인지도 이미 완벽하게 파악한 덕분이다.

그리고 예상대로 주란의 말은 당자윤의 마음을 한결 편안하게 만들었다.

혹시나 이들이 마교나, 사파와 연관된 것이 아닐까 염려했다. 그렇다면 추후에 문제가 생길 확률이 너무도 컸으니까.

허나 이야기를 들어 보니 다행히 그런 존재는 아닌 듯싶었다.

이미 무림맹의 많은 이들과 연결된 자들.

그렇다면 단순히 생각해서 그저 하나의 파벌에 속한 것뿐이지 않은가.

거기다 가주라는 말이 더더욱 당자윤의 구미를 당기게 만들었다.

욕심이 많은 그이니 가주의 자리에 오르고자 하는 욕망이 있었던 건 당연하다. 허나 그건 장담할 수 없는 일이었다.

무림의 후기지수로 이름을 날리고 있긴 하지만, 그건 어디까지나 동년배에 한해서다. 운이 없다면 제아무리 능력이 뛰어나도 가주의 자리에 오를 수 없다.

지금 사천당문의 상황만 봐도 그렇다.

외부에는 크게 알려지지 않았지만 사천당문 내부에서 내전이 있었고, 놀랍게도 그 싸움의 승자는 당소련이었다.

당문추와 당소련의 오래된 힘 싸움.

사실 당자윤은 그 싸움의 승자가 당문추일 거라 예상했다. 또 그러길 바랐다.

그런데 당문추는 해선 안 될 일을 벌였고, 그 사실을 알게 된 당소련 측의 공격으로 완전히 힘을 잃고 재기불능의 상태가 되어 버렸다.

사실 이 일이 최근 당자윤의 기분이 나빴던 이유 중 하나였다.

당소련의 승리.

그것은 바로 다음 대 가주가 당운이 될 거라는 의미였으니까.

현 가주의 아들이자 당소련의 남동생.

문제는 그 당운의 나이가 그리 많지 않다는 거다.

당자윤보다야 당운이 열 살 이상 많긴 했지만 그렇다고 해도 비슷한 세대의 인물, 그가 가주가 되면 특별한 일이 있지 않은 한 크게 나이 차이가 나지 않는 당자윤이 가주가 된다는 것은 무척이나 요원한 상태다.

눈을 빛낸 당자윤이 물었다.

"제가 가주가 될 수 있겠습니까?"

"그럼요. 당장엔 나이 때문에 어려우시겠지만, 저희만 잘 도와주신다면야 십 년 후에 그 자리는 당 소협의 것이 되어 있을 거예요. 운이 좋다면…… 맹주 자리도 불가능은 아니겠죠."

"……!"

맹주라는 말에 당자윤의 눈동자에 깃들어 있던 탐욕이 더욱 불타오르기 시작했다.

무림맹주라니.

상상만으로도 심장이 터져 버릴 것만 같았다.

정파의 무인으로서 오를 수 있는 가장 높은 신분이었으니까.

당자윤이 떨리는 목소리로 입을 열었다.

"제가…… 그 정도의 욕심을 가져도 되겠습니까?"

"욕심이라뇨."

짧게 말을 끊었던 주란이 이내 의미심장한 표정으로 말을 이었다.

"힘이 없는 자가 가지는 것이 욕심이고, 힘이 있는 사람이 가지는 건…… 야망이죠."

그녀가 던진 그 한마디에 당자윤은 마치 벼락에 맞은 것처럼 가볍게 몸을 떨었다.

손가락 끝에서부터 밀려오는 작은 경련.

위기라 여겼다.

허나…… 아니었다.

이건 위기가 아닌 오히려 기회가 될 수도 있었다.

당자윤의 눈동자가 변해 가는 걸 주란은 그저 말없이 지켜보기만 할 뿐이었다.

아주 의미심장한 미소를 머금은 채로.

주란은 손가락으로 자신의 붉은 입술을 스윽 훑었다.

완전히 변해 버린 당자윤의 얼굴.

그랬기에 알 수 있었다.

'……넘어왔네.'

손으로 슬그머니 가린 그녀의 입꼬리가 비틀렸다.

*   *   *

"맹주님, 들어가도 되겠습니까?"

저녁 식사를 끝내고 얼마 되지 않았을 무렵, 무림맹주 추자후의 거처에 군사 위지겸이 찾아왔다.

"들어오게나."

방에 앉아 조용히 독서를 하고 있던 추자후의 승낙이 떨어졌다.

곧 문이 열리고 문 바깥에 있던 무인들을 지나 위지겸이 안으로 들어왔다. 그가 추자후를 향해 포권을 취해 보였다.

펼치고 있던 서책을 접으며 그가 앉으라는 듯 손짓했다.

자리에 앉으며 위지겸이 장난스럽게 입을 열었다.

"경호가 삼엄해서 한번 찾아뵙는 것이 쉽지가 않군요. 이거야 원 살수들이 무더기로 와도 맹주님의 머리카락 하나 건드리지 못할 수준입니다."

그의 말에는 가시가 있었다.

이곳 맹주의 거처에 들어오며 무려 다섯 차례가 넘게 검문을 받았다.

말이 경호지 반쯤 감시나 다름없었다.

예전이라면 있을 수 없는 일.

개인의 사욕으로 별동대를 움직였고, 또 그들의 입을 막기 위해 살인멸구를 했다는 의심을 받고 있기 때문이다.

그 때문에 임시이긴 하지만 모든 맹주의 권한을 박탈당하고 이곳에 갇혀 시간을 보내고 있는 추자후였다.

증거를 없애려 들 수도 있다는 이유로 외부인과의 만남도 극히 제한적으로 변해 버린 지금, 아무리 군사인 위지겸이라 해도 그를 만나러 들어오는 건 간단치가 않았다.

복잡한 절차를 통해 간신히 맹주와의 면담을 허락받은 위지겸의 가시 박힌 말에 추자후가 웃으며 답했다.

"허허, 부러우면 자네도 해 달라고 하게나."

"그 무슨 끔찍한 소리십니까."

절대 싫다는 듯 위지겸이 손사래 쳤다.

지금 이곳은 창살 없는 감옥이나 다름없었으니까.

위지겸이 물었다.

"혹시 뭐 필요한 건 없으십니까?"

"특별한 건 없네. 하도 할 일이 없어서 서책이란 서책은 모두 읽은 것이 흠이네만……."

"그럼 보실 만한 서책을 몇 권 더 넣어 드리도록 하지요."

"그래 주겠는가? 그럼 나야 고맙지."

다음 회의를 통해 의심을 벗기 전까지 많은 부분을 제한받게 된 상황에서 추자후는 아무런 것도 할 수가 없었다.

그런 그의 손발이 되어 주는 것이 바로 위지겸이었다.

바깥에 있는 무인들에게도 들릴 법한 두 사람의 대화. 허나 그 둘은 전혀 거리낌 없이 대화를 이어 나갔다. 시간을 보낼 서책을 들여보내 주겠다는 것이 문제 될 부분은 전혀 아니었으니까.

하지만…….

『현재 움직이는 수상쩍은 움직임들에 대해 모두 파악해냈고, 그것들을 들여보내는 서책에 암어로 남겨 두겠습니다. 그 외에 다른 정보들도 실어 두지요.』

치밀한 검사를 받고서야 들어올 수 있는 맹주의 거처다. 당연히 그 많은 정보가 적힌 서찰을 전달할 수는 없었다.

그랬기에 이런 상황에는 미리 준비되어진 것처럼 서책을 통해 정보를 주고받았다.

서책에 대한 이야기를 오히려 들으라는 듯 떠들어 대는

건 바로 이 때문이었다. 바깥에 있는 이들은 은연중에 맹주를 감시하고 있을 터, 추후에 서책이 들어온다 해도 크게 이상히 여기지는 않을 것이다.

내용이야 물론 확인하겠지만 암어를 알지 못한다면 겉보기엔 전혀 문제가 없을 것들.

서책을 통해 정보를 보내겠다는 전음을 전달받은 추자후가 고개를 끄덕이며 물었다.

『별동대에 대한 소식은 없는가?』

『……아쉽게도요.』

아직 아무런 소식도 없다는 말에 추자후는 두 눈을 지그시 감았다.

그의 머리는 복잡했다.

아무런 일도 없었다면 여태까지 그들에 대한 소식을 알아내지 못했을 리가 없다.

그 말은 곧 정말로 별동대에게 무슨 일이 벌어졌다는 걸 의미했다.

애초에 별동대를 물고 늘어질 때부터 그럴 가능성이 농후했지만, 군사인 위지겸이 직접 움직이고도 찾지 못했다고 하니 아주 조금의 희망마저도 산산조각이 나 버린 기분이었다.

별동대에 속해 떠났던 이들의 얼굴이 하나씩 떠올랐다.

아는 얼굴도, 모르는 얼굴도 많았다.

허나 분명한 건 그들 모두가 자신의 명령을 수행하기 위해 그 먼 곳까지 향했다는 것이다.

그런 그들이 모두 죽었다니…….

맹주 자리에 있으며 많은 이들을 죽게도, 살게도 만들었다.

오랜 시간 이 자리에 있었으니 이런 고통이 익숙해질 법도 하련만, 신기하게도 그 괴로움은 전혀 작아지지 않았다.

이지강을 떠올리며 추자후는 얼굴을 손으로 쓸어내렸다.

그는 추자후의 충성스러운 수하이자, 좋은 동료였다.

오랜 시간 함께 싸웠고 자신의 명이라면 어떠한 임무라도 흔쾌히 나서 줬던 이다. 그랬기에 이번 천룡성의 일도 믿고 맡기지 않았던가.

그런데 그런 그가 죽었단다.

밀려드는 괴로움에 추자후가 절로 입술을 깨물었다.

'이지강, 이 친구야…… 그리 가면 어쩌라고.'

마지막으로 보았던 모습이 떠올라 안타까운 표정을 지어 보이고 있는 그때였다.

슬픈 표정을 짓고 있는 그가 걱정스러웠는지 위지겸이 조심스레 전음을 날렸다.

『맹주님 흔들리시면 안 됩니다.』

『……알고 있네.』

그들이 바라는 바가 바로 그거라는 걸 알기에 추자후는 애써 담담한 척 숨을 크게 내쉬었다.

마음 아파하는 추자후를 바라보는 위지겸 또한 속이 복잡했지만 아쉽게도 두 사람에게는 그 같은 이야기를 나눌 여유가 없었다.

"시간 다 되어 갑니다. 나올 채비를 하시지요."

바깥에서 들려오는 무인의 목소리.

짧은 만남만을 허락받았었고, 이제 그 시간이 다 되어 가는 모양이다.

위지겸이 서둘러 전음을 보냈다.

『우선 전 그들의 계획이 뭔지 더 파악해 보고, 최후의 경우를 대비하여 다음 수를 준비해 두도록 하겠습니다.』

『부탁함세.』

『다시 연락드릴 테니 그동안 몸조심하십시오. 맹주님.』

전할 말을 끝낸 그가 자리에서 일어났다.

포권을 취해 마지막 예를 갖추고 막 걸음을 옮기려던 위지겸이 멈칫했다.

그가 퍼뜩 생각났는지 전음을 이었다.

『아, 그리고 회의 날짜가 잡혔답니다.』

『언젠가?』

물어 오는 추자후를 향해 위지겸이 답했다.

『엿새 후랍니다.』

엿새 후.

무림의 운명을 뒤바꿀 그 시간이 천천히 다가오고 있었다.

*　　　*　　　*

시간은 빠르게 흘렀다.

군사 위지겸의 말대로 그가 다녀간 이후 정확하게 엿새 후로 정식 회의가 잡혔다. 거처에 거의 감금되어 있다시피 한 추자후는 이튿날이 돼서야 그 소식을 전달받았다.

그리고 위지겸이 보낸 암어가 가득 섞인 서책을 통해 외부에서 벌어지는 일들도 일정 부분 파악할 수 있었다.

맹주의 손발을 묶어 둔 상태로 반맹주파는 빠르게 움직였다. 동조를 해 줄 세력들을 구슬러 하나라도 더 많이 이번 회의에 참석하게끔 손을 썼고, 맹주파의 인물들과도 잦은 만남을 이어 갔다.

이번 일을 계기로 맹주파의 일부를 자신들 쪽으로 흡수하려고 한 것이다.

그리고 실제로 그 계획의 일부는 먹혀들었다.

평소 쉽사리 이를 드러내지 않던 반맹주파가 대놓고 적의를 드러냈다. 그 말은 그만큼 확실한 무엇인가가 있다는 뜻이었다.

거기다가 그들이 주장하는 맹주의 악행이 정말로 사실이라면 이건 제아무리 그 대상이 추자후라 해도 넘어갈 수 있는 사안이 아니었다.

자연스레 충성심이 강하지 않은 이들은 슬그머니 반맹주파에 붙거나, 방관자적 입장으로 돌아섰다. 추후 결과를 보고 확실하게 누구의 편을 들지 정하겠다는 의미다.

기존에는 맹주파의 세력이 보다 컸었지만, 이번 일을 계기로 힘의 추가 넘어갔다.

반맹주파 쪽에 보다 많은 힘이 실렸고, 중도적인 입장을 취하는 이들도 상당히 늘어 버렸다. 이 같은 상황에서 맹주에게 정말로 뭔가 의심스러운 정황이 발견된다면 반맹주파는 결코 이 기회를 놓치지 않으려 들 것이다.

그리고 이번에 열리는 회의에 참석하기 위해 평소에 보기 어려운 무인들도 무림맹에 모습을 드러내고 있었다.

그만큼 사안이 중대했던 탓이다.

무림맹주가 바뀔지도 모를 회의.

그리고 그 회의를 위해 며칠 전부터 속속들이 모여들기 시작했던 인원들이 마침내 회의장에 모습을 드러냈다.

입구에 선 채로 들어서는 이들을 알리던 수문위사가 목소리를 또 한 번 높였다.

"무당파 장문인 드십니다!"

말과 함께 문을 통해 안으로 들어서는 한 명의 노고수.

바로 구파일방, 오대세가에서도 손꼽히는 세력인 무당파를 이끄는 청허진인(靑墟眞人)이었다.

푸르른 도복에 백발의 머리카락을 길게 늘어트린 그는 누가 봐도 나이가 제법 있어 보였다. 허나 그럼에도 불구하고 풍겨져 나오는 기백이 그가 보통 노인은 아니라는 걸 말해 주는 듯싶었다.

무림맹이 있는 사천성과 가까이에 위치한 호북성에 자리한 무당파였기에, 그 수장인 청허가 직접 이곳까지 발걸음한 것이다.

평소 대변인을 통해서만 회의에 참석하던 그가 나타나자 많은 이들이 자리에서 일어나 예를 갖췄다.

무림에서 배분이 무척이나 높은 인물이자, 우내이십일성의 한자리를 꿰차고 있는 고수이기도 했다.

입구까지 동행했던 이들 또한 무당파에서 나름 알아주는 고수들이었지만 아쉽게도 그들에게 허락된 곳은 바로 그곳까지였다.

회의장 안에 들어오지 못한 채로 그들은 청허진인을 배

웅만 할 뿐 뒤로 돌아설 수밖에 없었다.

그렇게 줄줄이 각 문파를 대표하는 이들이 모습을 드러냈고 그 안에는 사천당문 또한 있었다. 오늘 이 자리에 사천당문의 대표로 나선 건 다름 아닌 당소련이었다.

병세가 점점 악화되어 가는 가주 당세종이 직접 올 수 없었기에 그녀가 대신 이곳에 자리한 것이다.

평소와는 다른 인물들로 회의장이 가득 채워지긴 했지만 당소련처럼 이곳에 있는 모두가 각파의 수장들인 건 아니었다.

사정이 있는 경우도 있었고, 거리가 너무 멀어 기한 내에 회의에 참석하기 어려운 이도 많았다.

그런 이들은 평소처럼 대변인을 내세우기도 했는데, 대변인들조차 무림에서 알아주는 이들인 건 당연했다.

시끄러운 소리가 회의장 근처에서 울려 퍼졌다.

자연스레 사람들의 표정이 슬쩍 찡그려졌지만, 그중 누구도 크게 목소리를 내지는 않았다.

지금 나타나는 이가 누구일지 너무도 잘 알았으니까.

이윽고 그 소란과 함께 하나의 거지 패거리가 모습을 드러냈다.

거지들의 집단, 개방이다.

그리고 그 선두에는 커다란 청록색의 타구봉과 허리에 매어진 아홉 개의 매듭이 눈에 들어오는 인물이 자리하고 있었다.

개방에서 매듭의 숫자는 그자의 신분을 의미했다.

그리고 아홉 개의 매듭이 허락되는 건 단 한 명. 용두방
주라 불리는 개방의 우두머리뿐이다.

나이는 대략 사십대 후반 정도.

그는 행색이 무척이나 허름했고, 머리는 산발이었다. 지
저분한 옷차림, 그렇지만 그러한 것들이 빛나는 눈동자마
저 감추는 건 불가능했다.

그가 바로 개방 방주 장량(張良)이었다.

입구로 다가온 그를 발견한 수문 위사가 급히 소리쳤다.

"개방 방주님 오셨습니다!"

"여, 이거 오랜만들입니다."

자신을 소개하는 수문 위사를 가볍게 밀치며 안으로 들
어선 그가 너털웃음을 터트리며 손을 들어 올렸다.

악취가 절로 풍기는 모양새였지만 많은 이들이 자리에서
일어나 예를 갖췄다.

개방의 방주란 결코 우습게 여길 상대가 아니었다.

뒤편으로 고개를 돌린 장량이 수하들을 향해 귀찮다는
듯 말했다.

"이 망할 놈들아. 네놈들 냄새 때문에 코가 썩겠다. 썩
꺼져라."

"예, 방주님."

히죽 웃으며 대꾸한 거지 무리가 곧바로 몸을 돌려 회의
장에서 멀어졌다. 그리고 그런 그들과 반대로 장량은 성큼
안으로 들어와 자신의 자리를 향해 걸음을 옮겼다.

그렇게 걸어가던 그가 옆에 있는 누군가를 발견하고는
반갑다는 듯 다가섰다.

허나 다가오는 장량을 보며 그 당사자는 움찔했다.

그 상대는 다름 아닌 하후경(夏候瓊)이라는 이로 하후세
가를 이끄는 가주였다. 오대세가에는 끼지 못하지만 나름
그 세력이 탄탄한 세가로, 제법 알려져 있는 가문이었다.

하후경의 나이는 장량과 비슷해 보였고, 행색은 그와 반
대로 무척이나 깔끔했고 화려했다.

다가간 장량이 덥석 그의 손을 잡았다.

"야, 이게 누구야. 하후 가주 아니야."

"오랜만이오."

"아니 딱딱하게 왜 이래. 우리 나이도 비슷한데 편히 하
자니까."

"괜찮소. 난 이게 편하오."

애써 담담하게 말하는 하후경의 표정은 굳어 있었다. 멀
리서도 느꼈던 지독한 악취를 가까이에서 맡게 되니 참기
어려울 정도였다.

"그래? 뭐 그쪽은 그렇게 하시던가. 그럼 나중에 보자고."

슥슥.

말과 함께 장량이 하후경의 어깨 부분을 두드리는 척하며 손을 닦아 냈다. 그러고는 히죽 웃으며 자신의 자리로 걸어가기 시작했다.

그런 그의 뒷모습을 바라보며 하후경이 속으로 이를 갈았다.

'저 더러운 새끼가 이게 얼마짜리 옷인데…….'

짜증이 치밀었지만 그런 속내를 드러내기엔 상대가 좋지 않았다.

친한 척 다가왔지만 사실 하후경과 장량의 사이는 그리 좋지 못했다.

하후경은 대표적인 반맹주파의 일원 중 하나였고, 장량은 과거 그런 그와 마찰을 일으켰던 적이 있었다.

지금이야 다 털고 잘 지내는 것처럼 보이지만, 사실 둘 사이에는 보이지 않는 칼이 잔뜩 감춰져 있었다.

장량이 이렇게 다가와 친한 척하며 손을 잡아 대고 한 것도 하후경이 이런 걸 싫어하는 걸 알기에 일부러 한 행동이었다.

자리에 가서 앉은 장량은 히죽거리며 표정을 구기고 있

는 하후경을 바라봤다.

　순간 그의 옆에 있는 누군가가 자그마한 목소리로 말을 걸어왔다.

　"거, 유치하게 너무 대놓고 도발하시는 거 아닙니까?"

　"어? 뭐야? 내 옆에 총군사였어?"

　그 목소리의 주인공은 다름 아닌 위지겸이었다.

　그리고 위지겸을 발견한 장량이 웃는 얼굴로 그를 바라봤다.

　그런 그를 향해 위지겸이 고개를 절레절레 저으며 말을 받았다.

　"이 자리는 다들 싫어하시는 것 같아 제가 맡았습니다."

　"내 옆에 앉는 걸 싫어한다고? 왜?"

　"그걸 굳이 말로 해야 아십니까."

　코 막는 시늉을 하며 장난스럽게 말하는 위지겸의 모습에 장량은 자신의 옷에 코를 가져다 대고는 킁킁거렸다.

　"아무 냄새 안 나는데?"

　"그거야 워낙 오래되셨으니 코가 마비되신 거겠지요."

　"거참, 총군사가 뭘 모르네. 우리 소굴에 가 봐. 내가 제일 깨끗하다니까?"

　"어련하시겠습니까."

　가벼운 대화로 분위기를 풀었을 무렵.

팔짱을 끼며 앞으로 시선을 돌린 장량이 슬그머니 입을
열었다.

"모두가 싫어하는 내 옆자리에 앉아 준 건 고맙게 생각
하겠지만…… 아쉽게도 그쪽 편은 못 들어 줘."

다른 이들이 싫어해서 그의 옆자리에 자신이 앉았다고
말한 위지겸의 말을 장량은 곧이곧대로 듣지 않았다. 그 안
에 숨겨진 의미를 알고 있었으니까.

마구잡이로 잡아 놓은 듯한 자리 배치.

하지만 이것 또한 하나하나 의미가 있는 것이다.

장량의 옆에 굳이 위지겸이 자리한 것 또한 그런 이유에
서였다.

최악의 경우 그의 힘이 필요했으니까.

장량은 분명 반맹주파는 아니었다.

허나 그렇다고 해서 그가 맹주파인 것도 아니다.

그는 항상 중립을 지켜 왔고, 이번에도 마찬가지일 것이
다.

정보를 사고파는 개방의 입장에서 일방적으로 한쪽의 손
을 들어 주는 건 어지간한 경우가 아니고서야 피해야 할 부
분이었다.

단번에 자신의 속내를 알아차린 장량.

'역시 보통내기가 아니란 말이야.'

한 무리의 수장치고는 다소 젊은 나이.

허나 그는 결코 얕볼 수 있는 상대가 아니었다.

경망스러워 보이기까지 하는 행동 하나하나가 알고 보면 모두 이유가 있는 인물.

구파일방의 하나를 이끌기에 충분한 능력을 지닌 자다.

자신의 속셈을 알아차렸지만 위지겸은 전혀 아랑곳하지 않고 여유 있는 표정으로 말을 받았다.

"알고 있습니다. 그저 방주님께서는 언제나처럼 현명한 선택만 해 주시면 됩니다."

"그래? 뭐 그렇게 말해 준다면야 하하!"

웃고 있는 얼굴, 그렇지만 눈동자는 언제나처럼 차분했다.

거물인 청허진인과 장량의 등장.

그리고 뒤이어 다른 이들도 하나둘씩 등장해 빈자리를 채워 가기 시작했다.

그 안에는 오대세가의 가주 또한 있었다.

남궁세가 가주 남궁위무(南宮威武), 그가 회의장 안으로 들어섰다. 오늘의 안건이 안건이니만큼 모두의 표정이 그리 좋지 않았지만, 개중에 남궁위무는 특히나 그러했다.

그 이유는 이번 별동대에 나섰던 이들 중 남궁세가의 무인이 무려 둘이나 들어가 있었기 때문이다.

거기다 별동대를 이끌었던 삼 조 수장 남궁격은 그의 친 동생이었다.

나이 차가 제법 났기에 직접 키우다시피 했던 동생.

그랬기에 유독 더 아꼈거늘, 그런 자신의 동생이 죽었단다. 그것도 맹주의 사사로운 욕심 때문에 말이다.

그 말이 정말로 사실이라면 남궁위무는…… 결코 참지 않을 것이다.

"오셨습니까."

위지겸이 남궁위무를 향해 예를 갖춰 인사를 전했다. 평소 어느 정도 가까이 지냈던 두 사람이었지만…….

슬쩍 위지겸을 바라본 남궁위무는 그의 인사를 무시하고는 싸늘한 표정을 지어 보였다.

맹주를 의심하는 지금 최측근인 위지겸을 좋게 볼 리 만무했다.

그런 그의 반응에 위지겸의 표정이 굳어졌다.

'예상은 했지만…….'

반맹주파가 집중적으로 만남을 주선했던 인물들 중 하나가 바로 남궁위무다. 그가 돌아서면 큰 힘이 될 거라는 확신이 있어서다.

어색하게 돌아서는 위지겸의 시선에 자신을 바라보며 비웃음을 머금고 있는 누군가가 들어왔다.

종남파의 진환(進環)이라는 자였다.

장문인을 대신하여 이곳에 올 정도로 종남파 내에서 큰 힘을 지닌 그는 대표적인 반맹주파의 인물 중 하나였다.

슬쩍 시선을 맞췄던 위지겸은 못 본 척 자신의 자리에 돌아가 앉았다.

진환의 옆에 자리하고 있는 건 점창파의 장로, 호두개(胡斗愷)라는 자였다. 팔십이 넘은 나이에, 날카로운 눈매가 무척이나 고집이 있어 보였다.

그는 예전부터 명문이라는 이름에 자부심을 넘어 집착을 보일 정도로 고지식한 인물이었다. 그랬기에 명문가의 인물이 아닌 맹주 추자후를 탐탁지 않게 여겨 왔다.

그런 이유로 추자후와 마주하는 것조차 싫어하던 그가 이번을 기회라 여겼는지 직접 이곳까지 나선 상황이었다.

위지겸이 골치 아픈 표정을 지어 보였다.

'상대하기 귀찮은 자들이 제법 보이는군.'

준비되어진 오십 개의 자리가 대부분 찬 지금 자신의 힘이 되어 줄 이들은 그리 많지 않았다.

오십 명 중에 고작 열 명 정도만이 확실한 아군이었다. 그리고 스무 명 정도는 적의를 드러낼 테고 나머지 인원들은 상황에 따라 유동적으로 움직일 것이다.

지금 주어진 이 난관에 대한 상념에 잠겨 있는 그때 한쪽에 위치하고 있던 무인들이 약속이라도 한 듯이 동시에 일어섰다.

갑작스러운 움직임에 위지겸이 상념에서 빠져나와 사람들이 바라보는 쪽으로 시선을 줬을 때였다.

그곳에서 한 사내가 걸어오고 있었다.

화산이 낳은 최고의 검객.

자운(紫雲)이다.

그리고 그를 보는 순간 위지겸의 표정은 심하게 일그러졌다.

'……왔구나.'

사십 대 중반의 나이.

화산파 최고 고수로 그곳의 장문인조차 함부로 대하지 못하는 인물이다. 고작 사십의 나이로 우내이십일성의 반열에 들었고, 지금은 그중에서도 손가락으로 꼽히는 실력자가 바로 그다.

일부에서는 곧 천하제일인이 될 사내라 떠받들어지는 인물.

그리고 다음 맹주의 자리에 가장 가까이 있는 인물이기도 하다.

반맹주파의 구심점이자, 맹주파에겐 가장 위험한 상대.

사십 대 중반이라는 나이에 어울리지 않는 젊어 보이는

얼굴과 부드러워 보이는 인상. 거기에 키도 훤칠하고 준수하여 여인들에게도 인기가 좋았다.

모든 무림인들이 꿈꾸는 이상적인 무인.

그런 그가 지금 회의장으로 들어서고 있었다.

"자운 대협이 오셨……."

수문 위사의 말이 채 끝나기도 전.

다른 이들의 목소리가 연달아 터져 나왔다.

"대협 오셨습니까!"

"오랜만에 뵙습니다!"

"여전하시군요!"

쏟아져 나오는 강렬한 환대 속에 자운은 부드러운 미소를 머금은 채로 포권을 취해 보였다. 그는 가장 먼저 윗 배분의 선배들을 향해 예를 갖췄다.

"선배님들을 뵙습니다."

인사를 건네는 그를 향해 주변에서는 큰 칭찬의 목소리가 터져 나왔다.

그렇지만 이 모든 상황을 보고 있는 위지겸의 표정은 불만으로 가득했다.

비단 그가 반맹주파의 인물이라서가 아니다.

'처음부터 계획했군.'

마치 올 줄 알았다는 듯 여러 인물이 동시에 일어나 인사를 던진 것을 시작으로 이 회의장에 흐르고 있는 분위기를 보라.

오늘 이 회의는 맹주 추자후에 대한 이야기를 하기 위해 만들어진 자리다.

헌데 지금 저들은 이 자리의 주인공을 자운으로 만들고 있었다.

그리고 자신은 모른다는 듯 교묘한 미소 뒤에 숨어 있는 자, 그것이 바로 자운이었다.

그랬기에 그는 언제나 좋은 사람으로 불렸고, 또 그렇게들 여겼다.

위지겸이 불쾌한 표정을 추스르고 있는 그때 옆에 앉아 있던 개방의 방주 장량이 뼈 있는 말을 던졌다.

"저 친구는 항상 인기가 아주 좋단 말이야. 그런데 오늘 이 자리가 그렇게 즐거운 자리는 아닌 것 같은데……."

마치 비웃는 듯한 한마디.

장량 또한 지금 반맹주파가 수작질을 한다는 걸 단번에 알아차린 것이다. 물론 장량뿐만이 아니라 이곳에 자리한 몇몇 이들 또한 그 같은 사실을 알아차렸다.

허나 그건 단순한 심증에 불과했다.

오히려 잘못 나섰다가는 옹졸한 사람이 되기 십상이었기에 모두가 조용히 말을 아낄 뿐이었다.

웃는 얼굴로 모두에게 인사를 건네던 자운이 위지겸의

앞에 다다랐다.

그는 여전히 여유 가득한 얼굴로 입을 열었다.

"건강하신 모습을 보니 기분이 좋습니다. 총군사님."

"아, 그래요? 이상하군요. 요새 잠을 통 못 자서 건강이 엉망인데 그게 좋게 보이시다니……."

"이런 잠을 통 못 주무신다니 뭔가가 머리를 어지럽히시나 봅니다."

"네, 아무래도 좀 상황이 그렇군요."

"그래요? 걱정하지 마시지요. 그리도 고민하시니…… 곧 해결되지 않겠습니까."

말을 내던지는 자운의 표정이 어쩐지 의미심장하게 느껴졌다.

돌려 말하고 있었지만 위지겸은 알 수 있었다.

오늘 이 회의 이후, 고민할 필요조차 없도록 완전히 끝내주겠다 말하고 있다는 것을.

그걸 알기에 위지겸 또한 웃음을 잃지 않고 답했다.

"기대하지요."

"그럼."

짧게 인사를 마친 자운이 몸을 돌렸다.

웃고 있던 그의 표정이 아주 일순 차갑게 변하는 그 찰나였다.

입구를 지키고 있던 수문 위사의 목소리가 들려왔다.

"기립(起立)!"

일어서라 외치는 그 한마디에 자연스레 모두의 시선이 입구로 향했다.

그리고 수문 위사가 곧바로 말을 이었다.

"맹주님 드십니다!"

말과 함께 옷을 깔끔하게 차려입은 추자후가 성큼성큼 걸어 들어왔다. 오늘의 주인공인 그가 마침내 이곳 회의장에 모습을 드러낸 것이다.

그리고 그런 추자후를 향해 시선을 던졌던 자운이 슬쩍 미소를 지었다.

5장. 주인공
— 처음 뵙겠습니다

　모두가 기립한 상황에서 추자후가 회의장 안으로 성큼 들어섰다.

　별동대를 죽였다는 의심을 받고 있긴 했지만 아직은 맹주인 그에게 모두가 예를 갖춰 인사를 건넸다.

　"맹주님을 뵙습니다!"

　인사를 건네받으며 들어선 추자후는 곧장 자신의 자리를 향해 다가가 몸을 돌렸다.

　맹주의 자리다 보니 다른 이들이 있는 곳보다 다소 높은 곳에 위치해 있었다.

　그가 서 있는 다른 이들을 향해 짧게 말했다.

"앉으시오."

허락이 떨어지자 모두가 자리에 착석했고, 뒤이어 추자후 또한 의자에 걸터앉았다.

무림맹주인 그가 앉자, 자연스레 열려 있던 회의장이 문이 닫혔다.

회의가 시작되었음을 알리는 것이다.

자리에 앉은 추자후는 회의장을 가득 채운 이들을 하나씩 살펴봤다. 오랜만에 보는 얼굴들이 무척이나 많았고, 개중에는 실로 반가운 이들도 있었다.

허나 그 반가움을 표현하기엔 상황이 그리 여의치 않았다.

무엇보다 마음이 아픈 건 자신을 향한 남궁위무의 매서운 눈빛이었다.

서책에 감춰진 위지겸의 연락을 통해 그가 돌아선 것 같다는 사실은 전해 듣긴 했지만 직접 눈으로 보니 마음이 복잡했다.

남궁위무가 왜 그런 표정을 짓고 있는지 잘 알기에 추자후는 쉽사리 입이 떨어지지 않았다.

대신 그는 지그시 시선을 맞춘 채로 가볍게 고개를 끄덕였다.

마치 그를 이해한다는 듯이 말이다.

생각지도 못한 추자후의 행동에 남궁위무는 순간 움찔했다. 허나 이내 그는 마음을 독하게 먹었다.

며칠 동안 전해 들었던 그 말들이 모두 맞다면 추자후는 결코 용서받을 수 없는 악행을 저지른 것이었으니까.

추자후가 잠시 심호흡을 하고는 입을 열었다.

"이런 일로 모이게 되어 모두에게 미안하오. 모든 것이 다 맹주인 내가 모자라서 생긴 일인 것 같아 마음이 쓰라린 것이 사실이오."

마음이 아픈 것도 사실이고, 이번 임무로 인해 죽은 그들에 대한 책임도 질 것이다. 허나 그것이 정치적으로 이용되는 꼴은 결코 좌시할 생각이 없었다.

바로 지금처럼.

추자후가 목소리에 힘을 주어 말을 이었다.

"시시비비를 분명히 가려야 할 터. 어디 한 번 이야기를 시작해 봅시다."

말을 끝낸 추자후가 곧바로 위지겸에게 시선을 돌렸다. 그러자 기다렸다는 듯 그가 자리에서 일어났다.

그러고는 자연스럽게 상황을 설명했다.

"현재 맹주님께 씌워진 죄명은 두 가지입니다. 첫 번째는 영천교와의 밀약을 통해 돈을 받고 운남성 하구 지역을 넘겼다는 것이고, 두 번째는 그 일을 알고 있는 별동대를 살인멸구했다는 겁니다."

이미 저번 회의를 통해 들었던 말이기에 추자후는 억울한 누명에도 전혀 동요하지 않았다.

영천교에 관련한 일부터 캐물어도 되었지만, 그는 그 부분은 우선 넘겼다. 미리 짜 맞춘 가짜 자료를 가지고 자신을 압박하려 들 것이 분명한데 굳이 그것에 놀아나 줄 생각은 없었다.

그리고 애초에 영천교는 자신을 보다 궁지로 몰아넣기 위한 방법일 뿐이지, 진정으로 그들이 휘두르려 하는 날카로운 칼은 바로 별동대의 전멸이라는 패였다.

그 칼만 피해 낸다면 어차피 영천교에 대한 소문은 무용지물이 될 터.

추자후는 영천교에 대해서는 일언반구 없이 곧바로 반맹주파 무인들을 향해 말을 꺼냈다.

"분명 내 기억으로 그대들은 오늘 이 자리에 생존자를 데리고 오겠다 했소. 기억들 하시오?"

당시 회의에 참석했던 이들이 몇몇 있었기에 그들은 고개를 끄덕거렸다.

당시 반맹주파 쪽에서 생존자가 존재하고, 그가 온다면 이 모든 일의 진실이 낱낱이 밝혀질 거라며 호언장담을 했었다.

추자후의 말에 기다렸다는 듯 양승필이 자리에서 일어났다.

사실 그는 이곳에 참석하기엔 다소 급이 낮았다.

허나 저번 회의에서 이 같은 발언을 직접 꺼냈던 당사자였기에 특별히 이 회의에 참석할 권한을 얻게 된 것이었다.

그가 곧바로 대답했다.

"그랬지요. 제가 그리 말한 것을 분명 기억합니다."

"그 말을 책임질 수 있겠는가?"

"물론이지요."

말을 끝낸 양승필이 옆으로 시선을 돌렸다. 그러자 기다리고 있었다는 듯 한 명이 서둘러 바깥으로 나갔고, 이내 그자는 다른 누군가와 함께 회의장 안으로 돌아왔다.

그런데 생존자는 한 명이 아니었다.

생존자는 두 사람이었는데 한 명은 금정문(金頂門)이라는 문파의 고수인 노효방(魯爻方)이라는 자였고, 다른 하나는 정파의 명문 가문 중 하나인 모용세가의 모용진(慕容進)이라는 이였다.

추자후는 모습을 드러낸 두 사람을 보고는 깜짝 놀랄 수밖에 없었다.

생존자가 있다고 해도 분명 반맹주파를 도울 만한 그런 이들로 구성되어져 있을 거라 여겼다.

노효방은 중립에 가까웠던 인물이니 저들에게 넘어간 것이 이해가 갔다. 문제는 모용진이었다.

그는 서른 중반의 인물로 모용세가의 중요한 인물 중 하나다.

그리고 그는 젊은 시절부터 충성스럽게 맹주를 따랐던 인물이었다.

그런 모용진이 지금 자신의 앞에 있었다.

추자후가 그 둘을 바라보고 있는 그때 양승필이 입을 열었다.

"맹주님께 여쭙습니다. 이 두 사람이 당시 떠났던 무림맹 별동대 소속이 맞습니까?"

이미 알고 있는 사실이지만 다른 이들 또한 확인할 수 있게끔 양승필이 물은 것이다. 잠시 침묵하던 추자후가 고개를 끄덕였다.

"맞네."

웅성웅성.

추자후가 맞다고 대답하자 자그마한 소란이 일었다.

맹주파의 사람들은 상대적으로 불안해 보였고, 반맹주파 사람들의 얼굴에는 역시나 자신들의 생각이 맞았다는 듯 당당한 표정이 떠올라 있었다.

자신 있게 내놓은 생존자들.

뭔가 확실히 듣지 않았다면 이 자리에 나서게 했을 리가 없다.

생존자를 여기까지 소개한 양승필은 이제 더는 자신이 나설 자리가 아니라 판단했는지 뒤로 한 걸음 물러서며 다른 이에게 이후의 일을 부탁했다.

"지금부터는 제가 아닌 하후경 가주님께서 진행하시면 될 것 같습니다."

"그리하지."

사전에 이야기되어 있었기에 하후경이 기다렸다는 듯 자리를 박차고 일어났다.

그가 입을 열었다.

"노효방 자네에게 묻지. 자네 두 사람을 제외한 별동대의 인원들은 어찌 되었는가?"

"……죽었습니다."

노효방의 대답에 사람들의 표정이 잔뜩 일그러졌다.

육십 여 명에 달하는 무림맹의 별동대가 몰살당했다. 그리고 그 안에는 지금 이곳 회의장에 참석한 이들과 연관 있는 이들 또한 많았다.

모두의 얼굴 표정이 묘하게 변하며 맹주인 추자후에게로 시선이 향했다.

하나같이 점점 의심스러워하는 표정들이 역력해지고 있

었다.

분위기가 그리 흘러가는 걸 잠시 시간을 두며 지켜보던 하후경이 이내 질문을 이었다.

"그럼 이번 별동대의 일이 어떻게 된 일인지 소상히 말해 줄 수 있겠는가?"

"예, 보고하겠습니다."

대답을 한 노효방이 이내 몸을 돌려 모든 이들이 듣기 좋도록 목소리에 내공을 실어 이야기를 시작했다.

"출발을 할 때까지만 해도 저희는 운남성으로 향하는 줄 알았습니다. 그런데 갑자기 광서성으로 목적지가 변하더군요."

"그래서?"

"당연히 의아했지만, 그곳에 임무가 있다 하여 가서 잘 매듭지었습니다. 그 이후 저희는 무림맹으로 복귀를 하고 있었습니다. 그리고 모두가 그렇게 임무가 끝난 줄 알았습니다. 그런데…… 그게 끝이 아니더군요."

"그 이후에 또 뭔가를 한 겐가?"

"예, 무림맹으로 돌아가던 길에서 또 살짝 방향을 틀어 다른 곳으로 움직이더군요. 뭔가 이상하다 생각했지만 그러려니 하던 찰나에 모종의 세력과 접촉을 하게 되었습니다."

"그들이 누군지 아는가?"

"잘 모르겠습니다. 그저 그 근처에 자리를 잡고 있는 세력이라고만 들었습니다."

"누군지는 몰라도 당시의 위치는 대략 기억하겠지?"

"예, 전양(田陽) 인근이었습니다."

대답을 들은 하후경이 곧바로 좌중을 둘러보며 상황을 설명했다.

"이미 많은 분들이 아시겠지만, 전양에 터를 잡고 있는 건 영천교입니다. 그곳에는 영천교의 분타가 있지요."

사람들은 고개를 끄덕거렸다.

거기까지 말을 끝낸 하후경은 다시금 노효방에게 물었다.

"그 이후에는 무슨 일이 있었는가?"

"사실 저야 왜 그곳에 갔는지, 또 뭘 하는지도 몰랐습니다. 이 일에 대해 정확히 아는 건 아마도 별동대를 이끄셨던 이지강 대협뿐이셨을 겁니다. 그저 전 잠깐 그들과 만났다가 곧 갈 길을 가니 별일이 아니라 여겼습니다."

긴말을 내뱉은 노효방이 잠시 숨을 몰아쉬더니 괴로운 표정으로 힘겹게 이야기를 이어 나갔다.

"일은 그날 밤에 일어났습니다. 모종의 세력이 저희를 급습했고, 그곳에 있는 모두를 죽이기 시작했습니다. 저희는 어떻게든 반항을 하려 했지만…… 불가능했습니다."

"그럼 여기서 묻지. 무림맹 별동대를 궤멸시킨 그들을 보낸 자가 누구라 생각하는가?"

"그건……."

말을 잠시 끌던 노효방의 시선이 상석에 자리하고 있는 추자후에게로 향했다. 잠시 입술을 꽉 깨물고는 침묵을 지키던 그가 손가락을 들어 추자후를 가리키며 말을 이었다.

"맹주님이십니다."

쥐 죽은 듯이 조용해졌던 회의장에 다시금 웅성거림이 밀려들었다.

그런데 그 웅성거림은 처음과는 조금 달라져 있었다. 더 격앙되었고, 왠지 모를 분노들이 조금씩 흘러나오고 있었던 것이다.

이야기를 듣고만 있던 추자후가 입을 열었다.

"왜 나라고 생각하는가? 설마 그들이 직접 자신들의 입으로 무림맹주인 내가 시켜서 왔다 이런 말을 했다고 하려는 건 아니겠지?"

여태까지 자신은 잘 모르고 위의 지시를 따르기만 했다는 식으로 이야기를 풀어 나갔던 노효방이다. 그러던 자가 갑자기 범인으로는 정확하게 자신을 지목하는 모양새가 실로 기가 막혔다.

가볍지만 나름 핵심을 짚고 들어가는 추자후의 질문에

웅성거리던 이들이 움찔하는 바로 그 찰나였다.

아무런 말도 하지 않고 있던 또 다른 생존자 모용진이 입을 열었다.

"죽이러 온 자들이 그런 말을 할 리가 있겠습니까. 하지만…… 죽는 당사자는 다르지요."

"그게 무슨 말인가?"

"맹주님께서는 실수를 하셨습니다. 저희에게는 이지강 대협이 있었으니까요."

뜻을 알 수 없는 말을 꺼낸 모용진이 우선 모두를 향해 포권을 취하며 말을 이었다.

"무림의 선배님들을 뵙습니다. 모용진이라고 합니다. 다들 아시겠지만 저는 무림맹주님을 혈육처럼 따랐던 이입니다. 그런 제가 이곳에 서 있는 건…… 그만큼 맹주님께서 벌인 악행을 모두에게 알려야 한다 여겨서입니다."

그가 주변을 둘러보며 말을 이었다.

"저는 지금 이 자리에서 한 치의 거짓도 없이 당시 보고 들은 것들을 전하겠습니다. 이야기를 시작해도 되겠습니까?"

모용진의 질문에 하후경이 그러라는 듯 고개를 끄덕였다.

허락이 떨어지자 그가 여태까지 이야기를 하던 노효방을 대신하여 말을 이어 나가기 시작했다.

"저희만 있었다면 아마도 이번 별동대 전원을 암살한 그 일의 배후에 누가 있었는지 몰랐을 겁니다. 허나 이지강 대협은 달랐지요. 그분은 이번 임무의 진짜 목적을 모두 알고 계셨던 분이니까요. 이지강 대협이 죽기 직전에 이리 말씀하시더군요."

말을 멈춘 모용진이 추자후를 응시했다.

숨소리조차 안 들릴 정도로 고요한 회의장의 내부.

모용진이 말을 이었다.

"맹주님께서 보내서 온 놈들이구나, 라고요."

그 충격적인 한마디에 회의장 내부의 공기가 싸늘하게 변했다.

지금 이 모든 상황을 어찌 받아들여야 할까?

허나 믿기 어렵다는 듯 맹주파의 인물 중 하나가 다급히 소리쳤다.

"증거! 증거가 없지 않은가! 그저 두 사람의 증언만으로 맹주님이 계략을 꾸몄다 말하기에는……."

"증거라 하셨습니까?"

그 말이 나오기 무섭게 한 곳에서 나지막한 목소리가 흘러나왔다.

목소리의 주인공은 바로 자운이었다.

화산파 최고의 무인이자, 실질적인 반맹주파의 수장.

그가 품속에서 하나의 서찰을 꺼내어 들었다.

그러고는 이내 그것을 천천히 펼치며 소리쳤다.

"보십시오!"

촤악!

펼쳐진 서찰 안에는 글씨들이 빼곡하게 적혀 있었다. 보통 사람들이라면 거리가 있어 알아보기 힘들 수도 있겠지만 이곳에 모인 이들은 모두 뛰어난 수준의 무인들이었다.

먼 거리에 있는 바늘조차도 볼 수 있는 안력의 소유자들에게 이 정도 거리에 있는 서찰을 확인하는 건 그리 어렵지 않았다.

서찰은 다름 아닌 하나의 계약서였다.

모두가 볼 수 있도록 천천히 몸을 돌리던 자운이 이내 이 서찰이 무엇인지 직접 입으로 말을 꺼냈다.

"이게 뭔지 아십니까? 바로 영천교의 교주와 맹주님이 맺은 밀약의 증거입니다. 그리고 이 끝에 찍혀져 있는 것이 바로 맹주님의 직인이지요."

"맙소사 저건 분명히……."

누군가가 서찰에 찍혀 있는 맹주의 직인을 발견하고는 깊은 탄식을 내뱉었다.

서찰의 내용은 지금 반맹주파가 주장하는 것 그대로였다. 운남성 하구 지역을 넘겨주는 대가로 일정 금액을 상납

받는다는 내용이 적혀 있는 계약서.

그리고 그 끝에는 무림맹주의 직인과 영천교 교주의 직인이 선명하게 자리하고 있었다.

자운은 안타깝다는 듯 얼굴을 감싸 쥔 채로 말을 이어 나갔다.

"실로 개탄스러운 일이 아닐 수 없습니다. 무림맹의 맹주라는 중대한 직책에 있으신 분이 이런 말도 안 되는 일을 벌이다니요. 높은 자리에 계신 만큼 더 많은 이들을 아우르고, 그들을 위해 싸우셔야 할 분이 사사로운 욕심에 눈이 멀어 이런 악행을 저지른 건 결코 용서받을 수 없는 일입니다."

증인에 이어 영천교에 관련된 증거까지 한 번에 쏟아져 나오자 맹주파들은 당혹스러움을 감추기 어려웠다.

끝까지 추자후를 믿고 버텼다.

그런데 지금 드러난 이것들은 점점 그들을 궁지로 몰아넣고 있었다.

몰아치는 반맹주파의 거친 언행들.

그럼에도 불구하고 추자후는 이상할 정도로 침묵만 지키고 있었다.

"……."

"뭐라 말을 해 보시지요, 맹주님!"

그런 그를 향해 자운이 닦달했다.

사실 애써 감추고 있었지만, 그는 무척이나 신이 나 있었다.

꿀 먹은 벙어리처럼 아무런 말도 못하는 맹주를 보고 있노라니 오랜 시간 쌓여 온 묵은 화가 쑥 내려가는 기분이었다.

사실 다른 보는 눈만 없다면 당장이라도 양손을 들며 쾌재라도 부르고 싶은 지경이다.

무림맹주 추자후가 자리에서 쫓겨나게 된다면 그 뒤를 잇게 되는 건 누구인지 굳이 확인할 필요도 없었다.

자신이다.

그리고 무림맹주는 곧 정도 무림의 주인이나 다름없는 자리기도 했다.

자운은 기가 막힌다는 듯 추자후를 향해 손가락질하며 소리쳤다.

"할 말이 없으신 모양이군요! 허기야 증인에 증거까지 나왔으니 제아무리 철면피라 할지언정 둘러댈 변명조차 없겠지요!"

말을 마친 자운이 양쪽을 둘러보며 목소리에 힘을 주어 명령을 내렸다.

"뭣들 하십니까? 저런 악인을 그대로 저 자리에 두실 생각입니까?"

"내가 가지."

기다렸다는 듯 종남파의 노고수 진환이 자리에서 일어섰다.

예전부터 추자후를 싫어했던 그로서는 이런 기회를 결코 놓치고 싶지 않았던 모양이다. 힘으로 그를 의자에서 끌어내리는 것을 상상하는 것만으로도 전신의 감각이 짜릿거릴 정도로 쾌감이 밀려들었다.

당장이라도 추자후에게 달려가 그를 끌어내리려는 진환을 향해 자운이 손을 들어 잠시만 기다려 달라는 뜻을 표했다.

지금 저 자리에서 추자후를 끌어내리는 건 반맹주파만이 해서는 안 될 일이다.

자운이 말했다.

"맹주님 쪽에서도 한 분이 나서 주시지요."

"……"

모두가 놀란 눈으로 서로를 바라봤다.

자운은 맹주파 쪽 사람들을 살펴보며 자신의 생각을 재차 밝혔다.

"안 나서실 겁니까? 저 악인을 여태까지 믿고 따라오셨던 여러분 아닙니까. 뒤처리에서는 손을 싹 빼는 것 또한 그리 보기 좋은 모습은 아닙니다."

말을 하는 자운의 목소리에는 힘이 실려 있었다.

그리고 은연중에 명령 또한 담겨 있는 말투였다. 지금 자운은 이 같은 대화를 통해 말하고자 하는 것이다.

이제 추자후의 시대는 끝이 날 것이고, 그 뒤는 자신이 잇게 될 거라고.

급박하게 돌아가는 상황.

그 상황을 개방의 방주 장량은 팔짱을 낀 채로 구경만 하고 있었다.

그가 아무런 말도 하지 않는 추자후와 자신의 옆에 자리한 위지겸을 슬쩍 보고는 이해가 안 간다는 듯 짧게 콧소리를 흘렸다.

"흐음."

뭔가가 이상하다.

사실 자신이 봐도 지금 이 상황에서 무죄를 주장하기는 쉽지 않아 보였다.

증거에 증인까지 있다.

그렇지만 아무리 그렇다고 해도 둘 모두가 아무런 대답조차 하지 않고 있는 건 이해가 가지 않았다.

거기다가 둘의 표정에서 느껴지는 저 묘한 분위기는 대체 뭐란 말인가?

마치 주인공이라도 된 듯이 날뛰는 자운.

그리고 그런 그를 바라보는 두 사람까지.

이 그림의 구도가 전혀 이해가 가지 않는다 여기던 바로 그때였다.

입구 위쪽에서 갑자기 일련의 뭔가가 떨어져 내렸다.

투두둑.

떨어져 내린 것들이 곧바로 안쪽으로 움직이기 시작했다.

데구루루르.

굴러 들어오는 수십여 개의 구슬들.

순간적으로 회의장 안에 있던 이들이 움찔했다. 마구 떨어져 내리는 그 구슬이 벽력탄이나, 아니면 여타의 암기일지도 모른다고 생각해서였다.

허나 떨어져 내린 구슬들에는 아무런 변화도 없었다. 그저 회의장 곳곳으로 퍼져 나갈 뿐이었다.

갑작스럽게 벌어진 상황에 신이 나서 떠들고 있던 자운조차도 입을 닫고 자신의 발치에 와 닿은 구슬을 응시했다.

모두가 이 이상한 상황에 침묵하는 바로 그때였다.

누군가가 가장 먼저 몸을 굽혀 아래에 있는 구슬을 주워 들었다.

무당파의 장문인 청허진인이었다.

무표정으로 정체불명의 구슬을 집어 들었던 그의 얼굴이 순식간에 돌변했다.

비취색의 옥구슬.

허나 문제는 그것이 아니었다.

그 옥구슬 안에 박혀 있는 글자가 너무도 선명하게 눈에 들어왔으니까.

천(天).

청허진인이 뭔가를 떠올렸는지 몸을 가볍게 떨었다.

"이건 설마……."

말과 함께 그는 곧바로 그 구슬을 향해 자신의 내력을 쏟아부었다. 그러자 놀랍게도 비취색 구슬의 색이 피처럼 붉게 변해 버렸다.

그걸 확인한 청허진인이 믿을 수 없다는 듯 놀란 표정을 지어 보였다.

세상에 이런 구슬은 오로지 하나뿐이었다.

천룡성의 증표, 천루옥.

바로 그것이다.

청허진인의 손바닥 안에서 붉게 변하는 구슬을 본 모든 이들이 같은 생각을 떠올렸는지, 누가 먼저랄 것도 없이 서둘러 아래에 있는 구슬들을 집어 들었다.

그러고는 곧바로 자신들의 내공을 불어넣기 시작했다.

순식간에 오십여 개에 달하는 천루옥들이 붉은빛을 토해 내기 시작했고, 마찬가지로 그걸 집어 들어 내력을 불어 넣은 자운 또한 그 변화를 확인한 후 놀란 듯 눈을 크게 치켜떴다.

그가 나지막이 중얼거렸다.

"천룡성?"

자운의 입에서 모두의 머리에 떠오른 그 이름이 나오는 바로 그 찰나였다.

끼이이익.

닫혀 있던 문이 열렸다.

그리고 열린 그 문을 통해 누군가가 회의장 안으로 걸어 들어오고 있었다.

터벅, 터벅.

상대는 생면부지의 인물이었다.

무척이나 젊었고, 또 놀랄 정도로 뛰어난 외모의 소유자였다.

이곳이 어디인가?

무림맹이다!

정도 무림의 심장 무림맹.

거기다가 보통 일도 아닌 맹주의 자리가 걸린 중요한 회의에 외부인이 들어섰다.

평소였다면 결코 그냥 있지 않을 일이었다.

헌데…… 지금은 달랐다.

초대받지 않은 이가 들어와 회의장 중앙을 걷고 있거늘 그 누구도 입을 열지 못했고, 막기 위해 나서지도 못했다.

그저 멍하니 걸어가는 그 사내의 모습을 바라보기만 할 수밖에 없었다.

그자가 향하던 길의 끝에는 추자후가 있었다.

추자후는 자리에서 일어나 예를 갖추더니 이내 옆으로 한 걸음 물러섰다.

사내는 곧바로 계단을 밟으며 맹주가 자리하던 바로 그 자리에 가서 섰다. 그러고는 이내 맹주의 의자 앞에 자리하고 있는 탁자에 양손을 얹었다.

그가 그곳에 선 채로 천천히 입을 열었다.

"처음 뵙겠습니다."

들려오는 나지막한 목소리.

회의장 내부에 있는 그 누구도 입을 열지 못한 채로 그저 그 젊은 사내를 응시하고만 있었다.

그리고 이내 그가 자신만만한 목소리로 말을 이었다.

"천무진입니다. 그리고 지금 여러분이 쥐고 있는 그 구슬의…… 주인입니다."

천무진의 등장.

그리고 그 순간…… 이곳의 주인공이 바뀌었다.

6장. 피아(彼我)

─ 들어오시죠

덤덤하게 자신의 정체를 밝히는 천무진.

그렇지만 그로 인한 충격은 상상 그 이상이었다.

화산파의 자운이 이를 꽉 깨물었다.

'……이 구슬의 주인이라고?'

천루옥의 주인이라는 말이 뜻하는 바가 뭐겠는가.

바로 천룡성의 인물이라는 거다.

정파와 사파, 마교를 가리지 않고 무림에 몸담은 이들에게 천룡성이라는 문파는 무척이나 특별했다.

특히나 정의를 수호한다는 자부심으로 뭉친 정도 무림에게 천룡성의 이름은 더더욱 의미가 깊었다.

무림맹주인 추자후가 천무진을 처음 본 그날부터 그에게 극진한 예를 갖췄던 것 또한 그 때문이었다.

수백 년간 어둠 속에서 무림을 지켜 온 그들은 정도 무림에게는 크나큰 은인이었으니까.

방금 전까지만 해도 맹주라는 배를 침몰시키기라도 할 것처럼 밀어붙여 대던 폭풍우가 어느덧 잠잠한 미풍이 되어 사그라지고 있었다.

그러니 이런 분위기를 반맹주파가 반길 리 만무했다.

한눈에 봐도 맹주는 천룡성의 무인과 뭔가 관계가 있는 것이 분명했다.

그러지 않고서야 지금처럼 여유 있는 모습을 보이는 건 불가능했으니까.

더군다나 갑작스러운 등장에도 불구하고 일말의 놀라움 또한 보이지 않는 추자후의 얼굴.

자운은 직감했다.

'오늘 이곳에 저자가 올 걸 미리 알았다는 말인가?'

추자후의 최측근인 군사 위지겸의 모습까지 확인한 그는 이내 자신의 예상이 맞음을 확신할 수 있었다.

위지겸의 입가에 걸린 자그마한 미소.

왜 자신들의 공격에도 묵묵히 듣고만 있었는지 이제는 알 것 같다.

믿는 구석이 있어서였던 것이다.

그리고 그의 예상대로 천무진이 도착한 건 오늘 아침이었고, 위지겸과 추자후는 이를 알고 있었다.

천무진은 무림맹으로 오는 도중 적화신루를 통해 위지겸에게 연락을 취했었고, 그로부터 무림맹에서 벌어진 일에 대해 전해 들었던 것이다.

현재 무림맹주가 구금당한 상태라는 것도.

그 때문에 천무진은 복귀하는 속도를 높였다.

그런 노력 덕분에 정말 아슬아슬하게 회의가 시작하기 한 시진 정도 전에 이곳 무림맹에 도착할 수 있었다.

갇혀 있는 추자후는 직접 만나지 못했지만, 위지겸을 통해 오늘 있을 일에 대해 사전에 고지했고 지금 이렇게 모습을 드러낸 것이다.

당연히 추자후는 위지겸에게서 천무진이 이곳에 올 거라는 걸 전해 들은 상태였다.

분위기가 급변했으나 반맹주파가 이대로 물러설 이유는 없었다.

제아무리 천룡성의 무인이 나타났다 한들 무림맹주의 죄가 사실이라면 그 어떠한 말로도 그냥 넘어갈 수는 없는 상황이었으니까.

자운이 손에 쥐고 있던 천루옥을 옆에 있는 탁자 위에 내

려놓았다. 그러고는 이내 앞으로 걸어 나와 천무진과 마주
섰다.

맹주의 자리에 서 있는 천무진을 향해 자운이 포권을 취
해 보였다.

나이는 자운이 많았지만 천룡성에 대한 예를 보이는 것
이다.

"말로만 전해 듣던 천룡성의 무인을 뵙게 되어 무한한
영광을 표합니다. 화산파의 자운이라고 합니다."

그 이름을 듣는 순간 천무진의 표정이 묘하게 변했다.

'이자가 자운이로군.'

화산파의 자운.

불세출의 기재라 불리는 자다.

많은 젊은 무인들이 우러러보고 우상으로 꼽을 만큼 뛰
어난 인물.

무림의 쟁쟁한 무인들에 대해 크게 신경 쓰지 않고 살아
왔던 천무진조차 저 이름은 들어 본 적이 있을 정도로 위명
을 떨치는 자다.

우내이십일성의 한 명이자 반맹주파를 이끄는 실질적인
수장.

그랬기에 위지겸은 오늘 이 자리에서 가장 주의해야 할
상대로 그를 언급했었다.

포권을 취했던 자운이 곧바로 말을 이었다.

"지금 이렇게 나타나신 것이 맹주님 때문인 것 같은데 맞으십니까?"

"맞습니다."

천무진이 숨기지 않고 짧게 답했다.

그러자 자운이 곧바로 말을 받았다.

"아무리 천룡성의 무인이라 하시어도 무림맹의 일에 이리 개입하는 건 예의에 어긋난다 생각합니다. 더군다나 이일은 인의를 벗어난 행동입니다. 제가 알기로 천룡성은 정도에서 벗어나는 걸 결코 그냥 넘어가지 않는다 들었는데…… 아닙니까?"

"그, 그렇습니다! 맹주님은 지금 혐의를 받고 있고, 그것이 명확한 지금……."

천룡성이라는 뜻밖의 존재가 나타난 사실에 넋을 놓고 있던 하후경이 다급히 끼어들어 자운의 목소리에 힘을 실어 주는 그때였다.

천무진이 손을 들어 올리며 하후경의 말을 끊었다. 그러고는 이내 짧게 말했다.

"여기 있는 분들이 모두 저한테 한마디씩 할 생각입니까? 전 한 분과 대화하고 싶은데 그쪽이 여기 대표입니까?"

하후경의 얼굴이 붉으락푸르락하게 변했다.

자신에게 끼어들지 말라는 경고를 날린 것이다.

"큭큭."

하후경의 일그러진 얼굴에 멀찍이서 관망만 하고 있던 개방 방주 장량이 웃음을 흘렸다. 그를 좋아하지 않는 장량으로선 지금 이 상황이 무척이나 유쾌했던 모양이다.

하후경의 입을 단번에 닫아 버린 천무진의 시선이 자운에게로 향했다.

물론 이곳에는 자운을 제외하고도 많은 이들이 자리하고 있다. 사실 그보다 배분이 높은 무림의 고수들도 많았다.

무당파의 장문인인 청허진인이나 개방의 방주 장량만 해도 그렇다.

그리고 그 둘을 제외하고도 남궁세가의 가주인 남궁위무를 비롯해 각 문파를 대표하는 무인들 또한 자리하고 있었다.

허나 천무진은 지금 이 자리에서 자신이 상대해야 할 적이 누구인지 확실히 알고 있다.

자운, 이자를 막아야 반맹주파의 기세가 수그러든다.

자운과 시선을 맞춘 채로 천무진이 입을 열었다.

"그렇습니다. 천룡성은 결코 정의롭지 않은 일에 힘을 싣지 않습니다."

수백 년이 넘게 지켜 온 정신.

모든 이들이 천룡성을 우러러보는 이유가 이것이었다.

사사로운 이득이 아닌 오로지 인의(人義)를 위해 싸우는 그들이었기에 모든 이들에게 존경의 대상이 될 수 있었다.

천무진의 대답에 자운이 대꾸했다.

"그러신 분이 이번 일에 나서신다 이겁니까? 뭔가 좀 잘못되지 않았습니까? 지금 맹주님은 개인의 욕심을 위해 자신의 수하들을 죽음으로 내몰았습니다."

"그게 아니라는 걸 알기에 나선 겁니다."

"……그걸 어떻게 장담하십니까?"

자운의 눈동자는 말하고 있었다.

그저 막무가내의 말이 아닌 증거를 보여 달라고.

천무진 또한 쉽사리 넘어갈 일이 아님을 알기에 기다렸다는 듯 말을 꺼냈다.

"지금 의심받고 있는 그 별동대 안에 제가 있었거든요."

자신 또한 별동대에 속해 있었다는 천무진의 발언에 모두가 웅성거렸다.

놀란 이들을 향해 천무진은 상황을 설명했다.

"사실 전 얼마 전부터 무림맹에 들어와 있었습니다. 홍천관 소속 무인 무진이라는 이름으로요. 물론 이걸 도운 분이 바로 맹주님입니다. 그리고 제가 정체를 숨기고 무림맹에 들어온 이유는 바로 이번 별동대의 일정과 관련이 있었습니다."

천무진이 이야기를 시작하자 회의장 내부에 있는 이들이 모두 숨을 죽인 채로 그의 목소리에 집중했다.

천룡성 소속의 인물이 정체를 숨기고 무림맹에 들어와야 할 정도의 일이 무엇인지 궁금했기 때문이다.

천무진이 말을 이었다.

"제가 쫓는 자들이 있습니다. 십수 년이 넘는 시간 동안 수만 명의 고아들을 납치했고, 그 아이들을 실험의 용도로 사용하며 잔인한 방법으로 죽게 만든 사악한 집단입니다."

천무진의 입에서 나온 말에 맹주파는 물론이고 반맹주파도 술렁이기 시작했다.

지금 저 말이 사실이라면 그냥 좌시하고 있을 일이 아니었다.

사실 저번 회의에서도 맹주인 추자후가 직접 언급했던 부분이다.

허나 이번엔 다가오는 무게감이 그때와 많이 달랐다.

당시에 참석했던 자들과 지금 이곳에 있는 이들이 다르기도 했고, 그때는 이렇게 확실한 숫자를 언급하지 않아 그 사건의 경중이 그리 무거워 보이지 않았다.

거기다 다른 이들도 아닌 천룡성이 나선 일.

그만큼 이 사건이 큰일이라는 느낌을 주는 효과도 있었다.

천무진이 웅성거리는 그들을 향해 재차 말을 꺼냈다.

"이번 별동대의 임무는 바로 그들을 타격하는 것이었습니다. 그리고 그 소기의 목적은 어느 정도 성사시켰고, 그로 인해 수백에 달하는 아이들을 구해 냈습니다."

"오오."

아이들을 구해 냈다는 말에 누군가의 입에서 짧은 탄성이 흘러나왔다.

맹주파의 얼굴에는 감추기 어려울 정도로 화색이 돌았다.

반맹주파 쪽으로 돌아섰던 일부 수장들의 표정이 복잡해졌고, 중도적인 위치를 취하고 이들 또한 작게 고개를 끄덕거리고 있었다.

뭔가 분위기가 완전히 돌변하고 있다는 것이 느껴졌다.

그 순간 달아오르는 분위기에 찬물을 끼얹는 이가 있었으니, 바로 자운이었다.

그가 이해가 안 간다는 듯 물었다.

"지금 하신 말이 맞다 칩시다. 그럼 왜 별동대가 전멸당한 겁니까? 그곳에 천룡성의 분께서 있으셨는데 별동대가 전멸했다는 건 쉬이 납득하기 어려운 일이군요. 저희 쪽 증인들에게 천룡성의 도움에 대해서는 일절 들은 것이 없는데 말입니다."

핵심을 짚고 들어오는 자운의 말.

순간 들썩이던 분위기가 확 하고 가라앉았다.

이런 상황에서 곧바로 가장 중요한 부분을 짚고 들어오는 자운의 모습에 천무진은 저절로 고개를 끄덕일 수밖에 없었다.

'왜 이자가 반맹주파의 수장이 되었는지 알 법하군.'

단순히 무공에만 재능이 있는 자가 아니다.

머리도 상당히 빠르게 돌아가고, 또 지금 가장 필요한 것이 무엇인지 역시 잘 아는 자다.

천무진이 담담하게 답했다.

"광서성에서의 일을 해결하고 전 그들의 본거지를 섬멸하기 위해 움직였으니까요."

천무진의 대답을 듣는 순간 자운의 눈동자가 빛났다.

그가 먹이를 문 맹수처럼 놓치지 않고 파고들었다.

"한마디로 자리를 비우셨다, 이거군요. 맞지요?"

"그랬습니다."

"그럼 그 이후에 벌어진 일에 대해서는 증인이 되어 주실 수 없다는 소리군요?"

"그것도 그렇군요."

"지금 그래 놓고 맹주님에게 아무런 죄도 없다는 증인으로 나서시겠다고 한 겁니까?"

기가 차다는 듯이 말한 자운이 어깨를 으쓱해 보이는 시늉을 하며 자신의 감정을 드러냈다.

그리고 동시에 다른 이들을 가볍게 스윽 둘러봤다.

지금까지 해 온 대화들이 모두 말장난에 불과하다는 걸 모두에게 각인시키기라도 하려는 듯이 말이다.

굳이 그가 이토록 더 크게 행동을 취하는 건 혹시 모를 상황에 대비해서였다.

천무진에 대한 신용도를 떨어트려, 그가 무슨 말을 한다 해도 쉽게 믿지 못하게 만들려는 것이다.

당연히 천무진의 대답을 들은 사람들의 얼굴엔 불신이 서렸다.

결론적으로 그는 아무런 것도 보지 못했고, 그런 그가 증인으로 나선다는 것 자체가 말이 되지 않았으니까.

고개를 절레절레 젓던 자운이 말을 이었다.

"후우, 아쉽게도 그렇다면 증인이 되어 주시긴 어렵겠군요. 우선 무림맹의 회의고 저희끼리 마무리해야 할 부분이 있으니 잠시 빠져 주시면……."

그때였다.

천무진이 피식 웃으며 입을 열었다.

"그쪽에서 내민 증인들의 발언이 그리 결정적입니까?"

"그럼 누구의 말을 믿어야 합니까? 맹주님의 말? 아니면…… 아무것도 보지 못한 천룡성 무인님의 말을 믿어야 할까요?"

"뭐 틀린 말은 아닙니다. 그러니 저도 슬슬 제대로 된 증인을 내세울까 하는데 말입니다."

"……증인이요?"

슬쩍 표정을 찡그리긴 했지만, 자운은 애써 침착함을 잃지 않았다.

어차피 지금 상황이 바뀌지는 않을 거라는 확신이 있었기 때문이다.

그 순간 천무진이 입을 열었다.

"들어오시죠."

말을 끝내자 입구에 서 있던 무인이 조금 더 문을 열었다.

이내 열린 문을 통해 들어서는 일련의 무리들.

그리고 그 안에는…… 별동대의 수장 이지강과 함께 떠났던 무인 몇 명이 자리하고 있었다.

별동대의 생존자 다섯과 백아린이 함께 모습을 드러낸 것이다.

상처투성이의 모습들.

무척이나 지친 모습에 행색들은 남루했지만, 분명히 그들이었다.

흘러가는 이 모든 상황을 불편한 표정으로 보고 있던 남궁위무가 들어선 이들을 바라보다 벌떡 자리에서 일어났다.

그 안에 죽었을 거라 여겼던 남궁세가의 무인 둘 중 한 명인 남궁윤이 자리하고 있었기 때문이다.

"유, 윤이가 아니냐."

놀란 그가 말을 꺼냈을 때였다.

남궁위무를 발견한 남궁윤이 포권을 취하며 가문의 어르신에 대한 예를 갖췄다.

생각지도 못한 상황에 남궁위무가 채 말을 잇지 못할 때였다.

회의장 안으로 들어선 이지강이 몇 걸음 더 앞으로 나아갔다.

털썩.

무릎을 꿇은 이지강이 예를 갖추며 추자후를 향해 소리쳤다.

"별동대 수장 이지강, 무림맹주님을 뵙습니다!"

우렁찬 그의 목소리가 회의장 내부를 쩌렁쩌렁 울렸다. 그런 이지강을 바라보던 추자후가 입술을 꾹 깨물었다.

그러고는 누가 뭐라고 하기도 전에 서둘러 단상을 날듯이 뛰어내려 그에게 다가갔다.

죽었다고 생각했다.

그랬기에 거처에 구금되어 있는 그 긴 시간 동안 하루하루 이지강을 떠올리며 마음 아파했다.

자신의 명령이면 그게 무엇이든 앞장서 주었던 충성스러운 수하.

그가 살아 있다는 말을 전해 듣고 얼마나 기뻤던가.

이미 알고 있었음에도 불구하고 이처럼 살아 있는 이지강을 직접 두 눈으로 보게 되자 감정이 복받쳐 올랐다.

순식간에 이지강에게 다가간 추자후가 몸을 굽혀 무릎을 꿇고 있는 그와 마주했다.

추자후의 손이 이지강의 어깨를 부둥켜 잡았다.

고개를 치켜든 그와 시선을 마주한 채로 추자후가 입가에 미소를 머금었다.

"……고맙네. 살아 있어 줘서."

*   *   *

살아 있어 줘서 고맙다는 추자후의 그 말에 이지강은 오히려 고개를 푹 수그렸다.

그가 힘겹게 입을 열었다.

"죄송합니다, 맹주님. 수하들을 지키지 못했습니다."

살아 있었기에 오히려 죄인이 된 느낌.

그건 바로 죽어 버린 오십여 명이 넘는 수하들 때문이었다.

별동대를 이끌었던 수장으로서 그것에 대한 죄책감은 꽤나 컸다.

고개 숙인 이지강의 모습에 추자후가 여전히 어깨를 꽉 쥔 채로 고개를 절레절레 저었다.

"아닐세. 그 책임은 자네가 아니라 내가 져야 할 부분이지. 명령은 내가 내린 것 아닌가. 자네는 내 명령을 수행하며 해야 할 몫을 한 것뿐이야. 이후의 일에 자네 책임은 없네."

추자후가 그렇게 이지강과 짧은 대화를 나누는 사이. 회의장 한 곳에는 다른 의미로 깜짝 놀란 누군가가 있었다.

그건 다름 아닌 사천당문의 대표로 이곳에 자리한 당소련이었다.

그녀의 시선이 별동대의 생존자 무리와 함께 나타난 여인, 백아린에게 향해 있었다.

'저 대검은……!'

집채만 한 대검을 등에 짊어지고 있는 여인.

처음 보는 얼굴임에도 불구하고 저 모습은 무척이나 낯이 익을 수밖에 없었다.

사천당문을 도왔고, 자신의 목숨을 구해 줬던 바로 그 적화신루의 사총관이 분명했다.

백아린의 정체를 파악하니 자연스레 먼저 나타났던 천무진에게로 시선이 향했다.

왠지 모르게 어딘가 익숙한 목소리라고만 생각했다.

그런데 이제는 알 것 같다.

적화신루의 사총관과 함께 죽립을 쓰고 나타났던 그 사내다.

당소련이 식겁한 얼굴로 중얼거렸다.

"맙소사."

자신을 도와줬던 사람이 천룡성의 무인이었다는 사실을 알자 놀람은 클 수밖에 없었다.

많은 이들이 놀라고 있는 것과는 다르게 한쪽에서는 무척이나 골치 아프다는 표정을 짓고 있는 자운이 자리하고 있었다.

그가 슬그머니 손으로 이마를 감싸 안았다.

'망할, 왜 다른 생존자가 나오는 거야? 그것도 하필이면 이지강 본인이 살아서 오다니…….'

이지강이 살아온 건 여러 가지 의미로 문제였다.

그리고 개중에 가장 결정적인 문제는 자신들이 내세운 증인들의 발언이 이지강과 연관이 있다는 점이었다.

"반가운 만남은 여기까지 하고 그럼 이야기를 이어 가 볼까요? 별동대를 이끌었던 이지강 대협에게 하나 묻고자 하는 게 있습니다."

기다렸다는 듯 천무진이 입을 열었다.

이지강이 자리에서 일어나 고개를 끄덕였고, 천무진이 곧바로 질문을 던졌다.

"별동대를 기습한 이들이 나타났을 때 맹주님께서 보낸 이들이라는 말을 하신 적이 있으십니까?"

사실 이 말은 천무진이 이곳 회의장에 나타나기 전에 나왔던 말이다.

허나 천무진은 그 전부터 회의장 인근에 자리하고 있었고, 그랬기에 어렵지 않게 그 말을 들을 수 있었다.

그 말을 들었을 때 속으로 얼마나 쾌재를 불렀던가.

이지강이 살아 있는 것을 아는 천무진의 입장에서는 그들이 내뱉은 결정적 증언이라는 게 오히려 자신들을 유리하게 만들어 줄 거라는 걸 알았으니까.

천무진의 질문에 이지강은 생각할 것도 없다는 듯 딱 부러지게 말했다.

"결단코 없습니다."

"그럼 저자가 한 증언은 뭘까요?"

"새빨간 거짓말이지요."

그 새빨간 거짓말의 당사자가 된 모용진은 당황스러운 표정이었다.

그는 이지강이 죽기 직전 적들을 향해 맹주가 보내서 온 이들이냐 말했다고 증언했다.

그런데 막상 그 당사자가 살아 있다.

애초에 죽었다고 말한 당사자가 살아 돌아왔을 때부터 모용진의 말에서 신뢰도가 떨어지는 건 당연했다.

거기다 그 당사자가 자신이 들었다고 증언한 그 말을 거짓말이라 이야기하고 있다.

당연히 이후의 상황이 어찌 흘러갈지는 바보가 아니고서야 짐작할 수 있었다.

이대로 있다가는 자신이 모든 죄를 물게 될 걸 알았기에 모용진은 황급히 소리쳤다.

"부, 분명 그리 말씀하셨습니다! 제가 제 귀로 똑똑히 들었습니다!"

"실로 쓸모없는 귀로군그래. 그런 귀라면…… 없어도 상관없을 터. 감히 내 명예를 흠집 내는 걸로 모자라 맹주님까지 건드리다니."

말과 함께 이지강이 서슬 퍼런 표정으로 허리춤에 있는

검에 손을 가져다 댔다.

당장에라도 검을 뽑아 모용진의 귀를 날려 버릴 것만 같은 기세였다.

이지강의 모습에 모용진이 움찔했고, 추자후가 손을 뻗어 그런 그를 제지했다.

힘으로 해결할 상황이 아니었기 때문이다.

추자후의 만류대로 굳이 이지강이 나서지 않아도 될 것이었다.

이미 회의장 내의 분위기는 반맹주파가 증인으로 내세웠던 모용진과 노효방에게 그리 호의적이지 않게 흐르고 있었다.

모용진의 증언에 노효방은 분명 힘을 실어 줄 수 있었다.

자신도 그리 들었다고 우길 수 있는 일이었으니까.

그렇지만 아쉽게도 생존자는 이지강 하나뿐만이 아니었다. 그의 뒤편에 자리하고 있는 또 다른 네 명의 생존자들.

노효방이 그리 나선다면 저들 또한 마찬가지로 이지강의 말에 힘을 실을 것이다.

그랬기에 노효방은 오히려 꿀 먹은 벙어리처럼 입을 꾹 닫고 있었다.

지금은 오히려 나서지 않는 것이 자신에게 더 유리하다는 걸 알고 있었기 때문이다.

그때 이번 회의가 시작한 이후 어느 편도 들지 않고 있던 청허진인이 슬그머니 입을 열었다.

"네놈 혼자 벌인 일은 아닐 테고 누가 그리 말하라 시키더냐."

작지만 묵직한 목소리, 그 목소리에 모용진이 억울하다는 표정으로 변명을 쏟아 냈다.

"저, 정말로 그리 들었습니다. 전 결백합니다."

"그건 조사를 해 보면 알 터. 허나 분명한 건 두 사람의 증언을 믿을 수는 없을 것 같군."

청허진인까지 나서는 걸 보며 자운을 비롯한 반맹주파의 표정은 급속도로 안 좋아졌다.

평소 이런 일에 쉬이 나서지 않을 정도로 신중한 그다. 그런 청허진인이 나서 이렇게 말한다는 것이 가지는 의미는 꽤나 컸다.

무당파가 이번 일에서 맹주의 손을 들어 줬다는 의미였으니까.

천무진은 흘러가는 분위기에 맞춰 이야기를 시작했다.

"보아하니 두 증인의 말에 신빙성은 없는 듯한데 이래도 맹주님에 대한 의심이 남아 계신 분 있으십니까?"

말을 하는 천무진의 눈동자가 자연스레 자운에게로 향했다.

그리고 그 시선을 마주하는 자운으로서는 속으로 화를 삭일 수밖에 없었다.

그때 자운의 귓가로 하후경의 전음이 날아들었다.

『어떻게 할까요? 최후의 증인을 내세울까요?』

『……』

사실 반맹주파가 준비한 건 이것이 전부가 아니었다. 만일의 사태를 대비해서 결정적 증언을 하기 위해 준비시켜 둔 또 한 명의 생존자가 있었으니까.

허나…….

『그 계획은 취소시키도록 하지요.』

『하지만 그러면 이번 계획은 수포로 돌아갑니다!』

『어쩔 수 없습니다. 이지강이 살아온 이상 준비해 놨던 또 다른 증언이 얼마나 먹혀들지 장담하기 어렵습니다. 괜히 저희 쪽 패만 노출하게 될 확률이 큽니다. 아쉽지만…… 다음 기회를 봐야 합니다.』

『이런 기회는 또 오기 힘듭니다. 어떻게든 이번 기회에…….』

다급히 전음을 보내오는 하후경을 향해 자운이 고개를 돌렸다.

무표정한 얼굴.

그렇지만 대수롭지 않아 보이는 얼굴과 달리 얼음장처럼

싸늘한 눈빛에 하후경이 움찔했다.

그 눈빛은 수많은 말을 하고 있었다.

침묵한 그를 향해 자운의 전음이 들려왔다.

『경거망동하지 마시지요. 기회는 또 옵니다. 없다면……
제가 만들 겁니다.』

전음을 내뱉은 그는 주먹을 꽉 움켜쥐었다.

얼마나 오랜 시간 기다려 왔던 기회인가. 누구보다 기다
려 왔던 순간이기에 밀려드는 분노 또한 다른 이들과 비교
할 수 없을 정도로 컸다.

허나 자운은 그런 자신의 감정을 잘 내리눌렀다.

나아갈 때와 물러설 때를 정확하게 아는 것.

더욱 높은 곳을 바라보고 있는 그가 지니고 있는 또 하나
의 강점이었다.

그 누구도 입을 열지 않는 상황.

천무진이 쐐기를 박듯 말했다.

"아무도 없는 듯하군요."

말과 함께 천무진이 슬쩍 기회를 보고 있던 위지겸에게
눈짓을 보냈다.

이제 자신이 나설 순간이라는 걸 느낀 위지겸이 자리에
서 일어났다.

"그럼 맹주님의 권한을 다시 복구하고, 이번 일에 대해

서는 엄중히 조사를 하여 왜 이 같은 말도 안 되는 상황까지 오게 되었는지…….."

이번 회의를 마무리 지으려 하던 그 찰나 누군가가 입을 열었다.

"잠깐. 그 전에 천룡성의 분께 질문이 하나 있습니다만."

번쩍 손을 들어 올리며 말을 내뱉은 사람은 개방의 방주 장량이었다. 히죽거리며 웃고 있었지만, 눈빛만큼은 진지했다.

지저분한 행색에 장난스러운 모습.

허나 그 안에 감춰진 개방의 방주라는 이름에 걸맞은 무게감을 지닌 상대다.

위지겸이 힐끔 천무진을 확인했고, 그가 작게 고개를 끄덕였다.

그러고는 이내 장량을 향해 말했다.

"하시죠."

"맹주님과 함께 그 악랄한 집단을 찾아 헤맸다 하셨지요?"

"네, 그리 말했습니다."

"그런데   까요. 개방의 방주인 저는 그런 의뢰에 대해 일절 알지 못하는데…….."

이상하다는 듯한 중얼거림.

하지만 그 안에는 정말 그 말이 사실인지 확인하려는 의중이 담겨져 있었다.

개방조차 처음 듣는 자들에 대한 이야기였다.

수만에 달하는 고아들을 납치할 정도의 일이라면 보통 사건이 아니다.

그럼에도 불구하고 개방이 알지 못했다는 것.

정보를 취급하는 개방의 입장에서 그건 부끄러운 일이면서도 그만큼 상대가 꼭꼭 몸을 감춘 대단한 자들이라는 걸 뜻했다.

그런 자들을 쫓기 위해서 정보가 필요한 건 당연한 일이다.

그리고 정보가 필요했다면 자연히 개방에 도움을 청했을 터.

그런데 개방의 방주인 자신은 아무런 것도 알지 못했다.

당연히 천무진이 맹주와 함께 그들의 뒤를 쫓아 왔다는 말에 의심을 가질 수밖에 없었다.

그랬기에 장량은 묻는 것이다.

지금까지 한 그 말이 진짜인지, 아니면 아예 거짓말은 아닐지라도 맹주를 구하기 위해 천무진이 뭔가 가짜 진실의 일부를 꺼내어 든 건 아닌지 하고 말이다.

그 순간 여태 조용히 자리하고 있던 백아린이 앞으로 나섰다.

백아린이 갑자기 앞으로 걸어 나오자 모두의 시선이 자연스레 그녀에게로 쏠렸다. 원래부터 주목을 끄는 여인인 그녀다.

수많은 무림의 인물들이 자신에게 집중하고 있거늘 백아린은 한 치의 흔들림도 없이 움직임을 이어 나갔다.

포권을 먼저 취해 보인 그녀가 입을 열었다.

"개방 방주님의 그 질문에 대한 대답, 제가 해도 될까요?"

"……그쪽은 누구지?"

"적화신루의 사총관 백아린이라고 합니다."

적화신루와 사총관이라는 말에 장량의 눈동자가 슬그머니 흔들렸다.

같은 정보 집단인 개방의 방주로서 그들에 대해서는 나름 세세한 정보들을 가지고 있었다.

더군다나 사총관이라면…….

장량이 눈을 빛내며 입을 열었다.

"자네가 소문의 그 사총관이군."

"어떤 소문을 들으셨는지 모르겠지만 제가 사총관은 맞아요."

"뭐 별건 아니었어. 그냥…… 참 아까운 인재를 놓쳤다는 것 정도?"

손꼽히는 정보 집단인 건 사실이지만 아직 적화신루를 개방에 비교하는 건 상당한 무리가 있었다.

허나 개방의 방주인 장량은 잘 알고 있었다.

최근 들어 그들이 꽤나 빠르게 성장하고 있다는 사실을. 그리고 그 배후에는 뛰어난 인물들이 몇몇 존재했는데, 그중에 가장 두각을 드러내는 인물이 바로 지금 눈앞에 있는 인물.

사총관이라 알려진 여인이었다.

소문으로만 들었던 그 여인을 마주하게 된 장량은 꽤나 놀랐다.

젊다는 말은 들었지만. 이 정도일 줄은 몰랐던 것이다. 그리고 너무도 눈에 띄는 외모까지.

백아린이 말을 이어 나갔다.

"그들에 대한 정보를 구해 온 건 저희 적화신루예요. 천룡성과 인연이 닿아 저기 계신 분을 위해 움직여 왔어요."

"한마디로 여태 적화신루가 천룡성을 도와 그들의 뒤를 쫓았다, 이 말인가?"

"네, 맞아요."

"흠……."

장량의 표정은 애매했다.

무슨 말인지는 알겠다. 허나 여러 가지 이유로 속이 복잡했다.

개방이 아닌 적화신루를 선택한 이유부터, 이번 일로 적화신루가 알게 된 정보의 상황까지.

침묵이 감도는 그때 앉아 있던 당소련이 자리에서 일어나 입을 열었다.

"사천당문의 당소련, 지금 적화신루의 주장이 진실이라는 데 힘을 보태고자 합니다."

"갑자기 그게 무슨 말씀이십니까?"

생각지도 못한 당소련의 개입에 장량이 눈을 동그랗게 뜨며 물었다.

사천당문은 오대세가의 하나.

그런데 그런 그들이 천무진과 백아린의 주장에 힘을 싣겠다 나섰다.

사천당문과 개방의 사이가 좋지 못하긴 하지만, 그 이유만으로 이렇게 나설 리는 없을 터.

그녀가 입을 열었다.

"본가에 있었던 안 좋은 일에 대해 이미 어느 정도 알고들 계실 겁니다."

쉬쉬하고는 있지만, 세상 모든 입을 막을 순 없다.

내분이 있었고, 그 싸움에서 당소련이 승리했기에 지금이 자리에 그녀가 자리할 수 있었다.

당소련이 말했다.

"사실 당시에 전 정체불명의 살수들에 의해 죽을 뻔한 적이 있었어요. 그리고 당시 절 구해 주셨던 것이 바로 저두 분입니다. 그때도 저 두 분은 함께 누군가를 쫓고 있었습니다. 덕분에 제가 살 수 있었고요."

"그 말뜻이 뭡니까? 지금 맹주님과 천룡성의 무인분이 쫓고 있는 그들과 관련된 자가 사천당문에 있었단 말입니까?"

사실 이건 사천당문의 입장에선 치부가 될 수도 있는 부분이었다.

허나 당소련은 굳이 감추지 않았다.

그것이 자신들만의 일이 아니라는 확신이 있었기 때문이다.

"네, 전 그렇게 생각해요. 저 정도로 끔찍한 일을 벌여대던 자들이라는 건 지금 알았지만요. 그리고 그것이 우리 가문만의 일이 아닐 것이라고 여겨지기에 지금 이렇게 나선 것입니다."

"그 말은…… 무림맹 내에도 그들과 관련된 자들이 있다이 소리로 들리는군요."

"아니길 바라지만요."

당소련의 말에 사람들의 표정이 심각해졌다.

다른 곳도 아닌 오대세가의 하나인 사천당문의 일이었기에 단순히 비웃고 넘어갈 일로 여겨지지 않았던 것이다.

장량이 불편한 얼굴로 의자에 몸을 기댔다.

자신이 모르는 일이 벌어지고 있다는 사실이 개방의 수장으로서 썩 유쾌하지 않았다.

＊　　　＊　　　＊

그 시각 회의장과 얼마 떨어지지 않은 장소에서 한 명의 사내가 서성이고 있었다.

그자의 정체는 다름 아닌 사천당문의 당자윤이었다.

모종의 세력이 도운 덕분에 최대한 눈에 띄지 않게 무림맹 내부에 있는 밀실에 자리하고 있던 그다.

뭔가 긴장되는지 평소보다 살짝 굳은 얼굴로 서 있던 당자윤은 들려오는 발걸음 소리에 귀를 쫑긋 세웠다.

그리고 이내 닫혔던 밀실의 문이 열리며 익숙한 얼굴이 모습을 드러냈다.

화려한 모습의 미녀.

주란이었다.

여기까지 함께한 그녀는 놀랍게도 아무런 제지도 받지 않고 간단하게 무림맹 내부로 들어왔다. 그랬기에 당자윤은 더욱 궁금했다.

대체 이들의 정체가 무엇인지.

들어선 그녀를 향해 당자윤이 입을 열었다.

"시작입니까?"

오늘 있을 일에 대해 미리 전해 들었던 당자윤이다.

무림맹주를 그 자리에서 끌어내린다.

실로 충격적인 말이 아닐 수 없었다. 그렇지만 한편으로는 무척이나 흥분됐다.

훗날 자신을 사천당문의 가주로 만들어 주겠다고 너무도 쉽게 말하던 이들이다.

그 같은 약조를 한 이들이 맹주를 바꾸겠다 말했을 때는 놀라면서도 한편으로는 자신의 꿈 또한 분명 이루어질 거라는 희망을 가질 수 있었다.

물어 오는 당자윤의 질문에 주란이 작게 고개를 저었다.

"오늘 계획은 취소예요."

그녀의 대답에 당자윤의 표정이 일그러졌다.

"갑자기 말입니까?"

"네, 생각지도 못한 일이 벌어졌네요."

"그게 뭡니까?"

다소 짜증스러운 목소리.

그런 그를 향해 주란이 말했다.

"회의장에 이지강이 살아서 나타났다는군요."

"……뭐라고요?"

대답을 들은 당자윤의 낯빛이 흙빛으로 변했다.

그가 살아 돌아왔다면 자신이 별동대를 버리고 도망친 사실 또한 드러날 것이 자명할 터.

그 일이 밝혀지는 순간 당자윤은 무인으로서의 삶이 끝장나는 것이나 마찬가지였다.

믿을 수 없다는 듯 그가 중얼거렸다.

"대체 그가 어떻게 산 겁니까? 그 상황에서는 살아나올 방도가 없었을 텐데……."

혼란스러운 표정을 짓고 있는 그를 향해 주란이 말했다.

"천룡성의 무인이 나타났거든요."

"……!"

천룡성이라는 말에 당자윤이 눈을 부릅떴다.

그러고는 이내 절망스러운 표정으로 자리에 털썩 주저앉았다.

천룡성이라니…… 대체 그들이 왜 이때 나타나 자신을 곤란에 빠지게 만든단 말인가.

하늘이 무너진 것만 같은 충격적인 얼굴을 하고 있는 당자윤을 향해 주란이 다가갔다.

그러고는 자신을 올려다보는 그의 등을 가볍게 두드려 주며 작은 목소리로 속삭였다.

"걱정하지 말아요. 당신은…… 우리가 지켜요."

"……진심이십니까?"

"그럼요. 이제 우리는 한배를 탄 동료니까요."

주란이 웃는 얼굴로 답했다.

그리고 지금 이 말은 거짓말이 아니었다.

이대로 당자윤이 무너지게 할 생각은 눈곱만큼도 없었다.

아직 이자는 이용할 가치가 있었으니까.

7장. 주선
— 만나고 싶어

회의가 끝이 났다.

하지만 맹주 추자후에 대한 의심만 거뒀을 뿐, 해결된 건 아무런 것도 없었다.

반맹주파 측에서 자신들 또한 거짓 증언에 속았다는 식으로 나온 건 당연했고, 오히려 이번 일에 대해 자신들 또한 조사하겠다며 목소리를 높였다.

이번 거짓 증언이 반맹주파와 연관되어 있다는 결정적 증거가 없는 이상 이번 일은 시간이 지나며 유야무야 넘어갈 공산이 커 보였다.

우선적으로 오늘의 회의는 끝났지만 무림맹에 모인 이들

은 당장에 이곳을 떠나지는 않았다.

이틀 후에 다시금 회의가 잡힌 탓이다.

그리고 그 회의의 안건은 바로 천무진이 쫓아 왔다는 정체불명의 세력에 관한 것이었다.

맹주로 복귀한 추자후는 권한을 돌려받는 것으로 일단락됐고, 별동대 생존자들의 치료 또한 필요했기에 일차적으로 오늘의 자리는 이쯤에서 파한 것이다.

천무진 또한 당장에 이곳에서 할 일은 없었기에 우선적으로 백아린과 동행한 채로 회의장을 걸어 나왔다.

걷는 내내 사람들의 시선이 천무진에게 쏠리는 건 당연했다.

허나 이건 이미 자신이 정체를 드러내기로 마음먹었을 때부터 예상했던 바다.

사실 이번에 천무진이 자신의 정체를 드러낸 건 비단 무림맹주를 지켜 주기 위해서만은 아니었다.

예전 반조를 만난 이후부터 더는 자신이 정체를 감추는 게 의미가 없다는 생각을 해 왔기 때문이다.

이미 그들은 자신에 대해 모든 걸 알고 있다.

심지어 두 번째 삶을 언급한 일은 아직까지도 풀지 못한 의문이었다.

거기다 별동대의 임무까지 끝이 났으니, 이제는 정체를

감추고 움직이는 것보다 드러내고 활동하는 쪽으로 계획을 바꿨다.

상황이 이 정도 와 버리니 오히려 그것이 더 나은 선택이라는 판단이 섰기 때문이다.

회의실이 자리하고 있던 장원을 나서자 그곳에는 한천이 그 둘을 기다리고 있었다.

그가 바깥으로 나온 두 사람을 향해 다가서며 물었다.

"일은 잘 끝나셨습니까, 대장."

"응, 마무리하고 왔어. 그 녀석은?"

"여기 들어오기는 좀 뭐하지 않습니까. 거처에 가서 자고 있겠답니다."

사파의 인물인 단엽이 무림맹에 멋대로 드나들 순 없었기에 먼저 거처로 가서 쉬고 있는 모양이었다.

백아린이 고개를 끄덕거리는 그때 뒤편에서 누군가가 빠르게 다가왔다. 보이지 않는 쪽에서 접근하고 있거늘 굳이 고개를 돌리지 않아도 그 상대가 누군지 알 수 있었다.

특유의 악취를 풍기는 인물.

거지들의 왕인 장량이었다.

그가 싱글벙글 웃는 얼굴로 다가왔다.

"여기들 계셨군요."

앞장서서 걸어 나왔던 천무진과 백아린이 동시에 몸을

돌려 말을 걸어오는 장량을 응시했다.

장량이 능글맞은 미소와 함께 포권을 취해 보였다.

짧은 인사를 건넨 그가 이내 한쪽에 자리하고 있는 한천을 바라보며 물었다.

"그런데 여기 계신 이분은 누굽니까?"

혹시나 하는 생각에 묻자 백아린이 대신 대답했다.

"이쪽은 제 부관이에요."

"아……."

상대가 천룡성이 아닌 적화신루와 관련된 이라는 걸 안 장량이 고개를 끄덕거렸다.

그런 그를 향해 천무진이 물었다.

"하실 말씀이라도 있으십니까?"

"아, 네. 조금 있지요. 그런데 제가 용건이 있는 쪽은……이쪽입니다."

장량의 시선이 향한 곳에는 백아린이 있었다.

그녀가 자신을 가리키며 물었다.

"저요?"

"그래, 자네와 좀 하고 싶은 이야기가 있는데 시간 괜찮은가?"

"뭐 잠깐이라면 가능해요."

백아린이 문제없다는 듯 고개를 끄덕였다.

그녀의 승낙에 장량이 한결 더 밝아진 표정으로 말을 이었다.

　"그러면 같이……."

　막 이야기를 꺼내던 그가 슬그머니 말을 멈춘 건 멀리에서 이쪽을 향해 빠른 걸음으로 다가오는 당소련이 보였기 때문이다.

　그녀의 등장에 장량이 작게 고개를 저었다.

　개인적으로 당소련을 싫어하는 건 아니었지만, 개방과 사천당문이 좋지 않은 관계이기 때문인지 그녀와 직접 마주하는 것이 무척이나 불편했다.

　장량이 서둘러 말했다.

　"무림맹 바깥 인근에 영란객잔이라고 있는데 아는가?"

　"네, 알고 있어요."

　"그럼 조금 있다가 거기서 보지. 난 그곳에 머물고 있으니 아무 때나 찾아와도 된다네. 저 사람과 마주하는 것이 그리 내키지 않아서 그래."

　다가오는 당소련을 힐끔 쳐다보며 말하는 장량의 말에 백아린이 이해한다는 듯 빠르게 답했다.

　"그렇게 할게요."

　"이따가 보자고."

　말을 마친 장량은 당소련이 도착하기 전에 서둘러 걸음

을 옮겼다. 멀어지는 장량과 반대로 가까워지는 당소련의 사이에서 세 사람은 멀뚱멀뚱 자리를 지키고 있었다.

그리고 이내 당소련이 다가와 입을 열었다.

"장 방주께서 부리나케 도망가시는군요."

그녀가 멀어지는 장량의 뒷모습을 보며 말했다.

허나 당소련이 그런 장량의 태도에 딱히 불만이 있는 건 아니었다.

불편한 건 그녀 또한 매한가지였으니까.

당소련이 이내 화제를 돌렸다.

"저희 구면인데 재밌게도 이렇게 직접 얼굴을 뵙는 건 처음이네요. 아, 저만 그런 거지만요."

웃는 얼굴로 인사를 건네는 당소련. 그리고 그녀와 마주하고 있던 백아린 또한 미소로 화답했다.

"오늘 들어서 아시겠지만, 얼굴을 감춰야 할 사정이 좀 있었거든요."

"아, 이해해요. 탓하는 건 절대 아니었으니 오해는 말아주세요. 그나저나 목소리를 듣고 상당한 미인이실 것 같다고는 생각했지만…… 그 이상이신데요."

갑작스러운 당소련의 칭찬에 백아린이 당황한 듯 말을 받았다.

"과찬이세요."

"그리고 저를 도와주셨던 분이 천룡성의 분이셨다니…… 영광이에요."

말을 마친 당소련이 옆에 서 있는 천무진을 향해 포권을 취해 보였다.

이에 포권으로 화답한 천무진이 답했다.

"일전에도 독에 대해 알아봐 주셨는데, 오늘 회의장에서도 도움을 주셔서 감사합니다. 덕분에 큰 힘이 되었습니다."

"고맙긴요. 감사의 인사를 해야 하는 건 제 쪽이죠. 저와 우리 가문을 구해 주신 분들인데요. 그리고 제가 한 게 뭐 있나요. 그저 제가 아는 진실을 이야기한 것뿐인데요."

별거 아니라는 듯 말을 한 그녀가 이내 조심스레 말을 이었다.

"반가워서 인사를 드리려고 한 것도 있지만 하나 여쭙고 싶은 게 좀 있어서요. 아마 아시겠지만, 이번 별동대에 우리 가문 쪽 아이가 하나 있었어요."

"……당자윤 소협을 말씀하시는 거군요."

"역시 알고 계셨네요."

백아린의 대답에 당소련이 끄덕였다.

그러고는 이내 그녀가 조심스레 물었다.

"그 아이 역시…… 죽었죠?"

물어 오는 당소련의 질문에 백아린은 일순 말문이 막혔다.

그녀에게 어떻게 말을 해야 할지 머리가 복잡했다.

거의 확신하고 있긴 하지만 혼자 살기 위해 동료들을 버리고 도망쳤다는 말을 꺼내는 것이 그리 쉽지 않았다.

거기다 아주 만약에라도 그것이 아니라면 당소련에게 큰 실례를 하는 꼴이 될 테니까.

백아린은 자신의 생각을 일절 배제한 채로 입을 열었다.

"사실 당 소협은 저희가 도착하기 직전까지 생존자들과 함께 있었다고 해요. 그런데 갑자기 실종되셨다고 하더군요."

"실종이요?"

"네, 지금 적화신루가 백방으로 찾고 있으니 뭔가 단서가 나온다면 말씀드릴게요."

"그래 주신다면 저야 너무 감사하죠. 죽었을 거라 생각했던 아이가 살아 있을 가능성이 조금이라도 있다니…… 감사할 일입니다."

표정이 밝아지며 고마움을 담아 말하는 당소련을 바라보는 백아린의 마음은 그리 편하지 않았다.

말대로 당소련에게 신세를 진 것도 있고, 직접 겪어 본 그녀는 꽤나 괜찮은 사람이었다. 하필이면 이런 여인과 연관

된 자가 당자윤 같은 자라는 사실이 못내 안타까울 정도로.

한결 편안해진 표정으로 당소련이 재차 미소를 지었다.

"아, 이런. 귀한 분들인데 시간을 너무 오래 뺏었네요. 개인적으로 감사함도 표할 겸 사천당문으로 한 번 초대를 하고 싶은데 받아 주실 건가요?"

"그럼요."

"고마워요. 적화신루를 통해 연락드릴게요."

말을 끝낸 당소련이 짧게 인사를 하고는 곧장 바깥을 향해 걸음을 옮겼고, 그런 그녀를 바라보며 안타깝다는 듯 한천이 혀를 찼다.

"쯧쯧, 이거야 원."

세상엔 때론 모르는 게 나은 진실도 있는 법이다.

한천이 보기에 지금 이 일이 그러했다.

알려진다면 오히려 괴롭기만 할 일.

허나 생존자들의 입에서 결국 당자윤에 대한 이야기가 나올 것이고, 이 일은 어떤 방향으로든 나아갈 수밖에 없었다.

백아린이 옆에 서 있는 천무진을 향해 말을 걸었다.

"영란객잔에 잠깐 다녀와야 할 것 같은데 먼저 가 있어요. 일 끝내고 뒤따라갈게요."

"혼자 괜찮겠어?"

"어? 지금 저 걱정하시는 거예요?"

장난스러운 백아린의 말투에 천무진이 언제 그랬냐는 듯 평소보다 더욱 무표정한 얼굴로 답했다.

"걱정은 무슨."

"걱정하지 말아요. 정식으로 초대한 건데 함부로 대하긴 어려울 테니까요. 거기다가 제 뒤에 당신이 있는 걸 아는데 더더욱 절 건드릴 순 없겠죠."

"걱정 안 했다니까 그러네."

천무진이 슬쩍 표정을 찡그리며 대꾸했고, 그런 그를 바라보며 웃고만 있는 백아린을 번갈아 살피던 한천이 슬쩍 두 사람 사이에 끼어들었다.

한천이 헛기침과 함께 입을 열었다.

"흠흠, 그런데 대장, 거기에 저도 갑니까?"

"그럼 내가 가는데 부총관이 빠질 생각이었어?"

"별걱정 할 거 없다고 하셨잖아요."

"빠져서 술 마실 생각하는 거 모를 줄 알고? 괜한 소리 말고 따라와."

백아린의 그 말에 한천이 당황한 듯 자신의 머리를 감싸 쥐었다. 그러고는 이내 정말로 놀란 표정으로 물었다.

"대체 어떻게 매번 제 생각을 그리 잘 아십니까? 독심술이라도 익히신 겁니까?"

"……독심술을 익힌 게 아니라 그만큼 부총관이 뻔하다고는 생각 안 해 봤고?"

"제가요?"

한천이 눈을 동그랗게 뜨며 전혀 모르겠다는 듯한 표정을 지어 보였다.

그런 그를 향해 백아린이 고개를 절레절레 저으며 대답했다.

"됐고, 빨리 따라와. 어서 끝내고 우리도 좀 쉬어야지."

말을 마친 백아린이 먼저 걸음을 옮기자 한천 또한 어쩔 수 없다는 듯 그 뒤를 터덜터덜 따라 걸었다.

몇 걸음 나아가던 그녀가 슬쩍 고개를 돌려 뒤편에 있는 천무진에게 말했다.

"이따 집에서 봐요."

"알겠어."

대답을 한 직후 천무진도 몸을 돌려 다른 쪽으로 걸음을 옮겼다.

그렇게 천무진과 헤어진 백아린과 한천은 그대로 곧장 무림맹 바깥으로 움직였다.

그리고 개방의 방주 장량과 약속된 영란객잔을 향해 나아갔다.

무림맹과 그리 떨어지지 않은 곳에 위치한 영란객잔.

휘장을 걷고 들어선 객잔의 내부는 엉망진창이라는 말이 정말로 잘 어울렸다.

술에 취해 잠들어 있는 거지들.

술과 음식을 잔뜩 쌓아 놓고 소란스레 술자리를 즐기는 이들도 가득했다. 그 모든 것들이 뒤엉켜 퀴퀴한 냄새로 가득한 이 영란객잔은 개방의 거지들이 점령한 상태였다.

통째로 객잔을 빌린 탓에 외부인은 아무도 보이지 않았다.

그리고 그런 거지들 사이에 자리한 한 사내.

커다란 호리병을 든 장량이 들어선 두 명을 발견하고는 반갑게 손을 들어 올렸다.

"여, 빨리 왔네."

장량을 발견한 백아린은 곧장 그쪽으로 다가갔다.

술에 취해 바닥에 널브러져 있는 거지들을 피해 가며 순식간에 다가간 그녀가 자리에 앉으면서 입을 열었다.

"아직 해가 지려면 한참은 남았는데 벌써 난리가 아니네요."

"그치? 내가 돌아오니까 벌써 이 꼴이더라고. 하여튼 더러운 놈들이 술들은 오죽 좋아해서 말이야. 아무리 말려도 말들을 안 듣는다니까."

"술이란 게 원래 그런 거 아니겠습니까? 말리면 더 마시고 싶고, 뭐 그런 거죠."

뒤편에 있던 한천이 싱글벙글 웃으며 말을 받았다.

그의 말에 장량이 박수를 치며 대꾸했다.

"흐흐, 거 뭐 아는 친구군그래. 아까는 상황이 상황이다 보니 정식으로 인사를 못 했군. 개방 방주 장량이야."

"부총관직을 맡고 있는 한천이라고 합니다. 소문난 의협이신 장량 대협을 만나 뵙게 되니 기쁘기 그지없습니다."

"의협? 하하하! 재미있는 소리를 하네."

"좋은 말씀 드렸는데 저도 술 좀 얻어 마셔도 됩니까? 목이 좀 타서요."

목을 어루만지며 죽는시늉을 하는 한천을 장량이 뭔가 재미있다는 표정으로 올려다봤다.

자신을 앞에 두고도 주눅 들지 않는 모습이 이상하게 마음에 들었다.

장량이 들고 있던 호리병 속의 술을 한 모금 마시고는 입을 열었다.

"적화신루에 재미있는 친구들이 생각보다 많군."

백아린에 이어 한천까지.

오늘 만난 두 사람 모두 탐이 나는 인물들이었다.

이내 장량이 한천에게 농담인지 진담인지 모를 말을 던졌다.

"자네 우리 쪽으로 오면 어떤가? 마음에 드는데."

"하하, 저도 방주님이 무척이나 맘에 듭니다. 저희 대장과 다르게 술도 잘 사 주실 것 같고요. 이 기회에 확 소속을 바꿔 버려야 되나 싶군요."

"당연하지. 개방 하면 술 아닌가! 그 술 좋아하는 것도 맘에 들고, 여유 있는 표정도 맘에 들지만, 무엇보다 맘에 드는 게 하나 있군그래."

"그게 뭡니까?"

기대 가득한 얼굴로 한천이 묻는 그때였다.

장량이 곧바로 답했다.

"얼굴이 딱 거지 상이야."

그 한마디에 웃고 있던 한천의 표정이 미묘하게 뒤틀렸다.

그가 떨떠름한 얼굴로 물었다.

"……제가요?"

"그래. 내가 관상을 좀 볼 줄 알거든? 그런데 딱 보니 없어 보이는 게 거지 상이야. 거지 하기에 정말 좋은 얼굴이라는 거지."

백아린은 웃음이 터져 나왔는지 고개를 푹 수그린 채로 애써 호흡을 골랐고, 한천은 무척이나 복잡한 표정을 지어 보였다.

그러고는 이내 언제 그랬냐는 듯 진지한 목소리로 답했다.

"아쉽지만 제가 의리남이라서 말입니다. 대장을 배신할 수가 없군요."

"그런가? 거참 아쉽네."

입맛을 다시며 말하는 장량을 보며 한천은 속으로 욕지거리를 내뱉었다.

장난스럽게 말을 이어 나가던 상황.

백아린이 애써 웃음을 지은 채로 장량에게 물었다.

"그나저나 제게 만나자고 하신 이유가 뭔가요?"

그녀가 질문을 던지는 그 순간이었다.

웃고 있던 장량이 호리병으로 가볍게 탁자를 툭툭 쳤다.

그러자 놀라운 일이 벌어졌다.

시끄럽던 이들이 모두 입을 닫았다.

그뿐만이 아니었다.

술에 잔뜩 취해 바닥에 널브러져 있던 거지들이 약속이라도 한 것처럼 모두 자리에서 벌떡 일어났다.

그러고는 이내 단 한 명도 남지 않고 모두가 객잔 바깥으로 걸어 나갔다.

그러자 내부에 남게 된 건 장량과 백아린, 그리고 한천뿐이었다.

바깥으로 나간 개방의 거지들은 영란객잔을 기준으로 하여 마치 호위하듯 넓게 진을 짜 나갔다. 내부에서 오가는 대화들을 바깥에서 듣지 못하게 엄중히 감시하는 것이었다.

과연 개방이라는 말이 절로 나오는 모습이었다.

평소의 모습만 보자면 거칠 것 없이, 자유분방하기만 한 것처럼 보이지만 이들 사이에는 엄격한 규율이 존재했다.

장량이 백아린의 뒤편에 있는 한천을 향해 입을 열었다.

"이제 너도 빠지지."

말을 내뱉는 장량의 어투는 평범했다.

허나 한천이 느끼는 바는 결코 그렇지 않았다.

방금 전까지 자신과 농담이나 주고받던 인물과 동일 인물이 맞는 건가 의심이 들 정도로 바뀐 분위기가 풍겨져 나왔다.

한천이 짧게 포권을 취해 보이고는 이내 먼저 나갔던 개방의 거지들처럼 객잔을 벗어났다.

그렇게 모두가 나가고 텅 비어 버린 객잔에는 장량과 백아린 단둘이 남아 마주하고 있었다.

장량이 여전히 호리병 하나를 쥔 채로 물었다.

"술 좋아하나?"

"좋아하는 사람하고만 마셔요."

"그래? 아쉽게 됐군."

말과 함께 장량은 쥐었던 호리병을 옆으로 밀어 놓았다. 잠시 백아린을 응시한 그가 본격적으로 입을 열었다.

"이렇게 따로 만나자고 한 건 개인적으로 부탁하고 싶은 게 하나 있어서야."

"그 부탁이 뭐죠?"

물어 오는 백아린의 질문에 장량이 밀어 놓았던 호리병을 다시 쥐고 술을 벌컥벌컥 들이켰다.

그러고는 이내 호리병을 소리 나게 내려놓았다.

탕.

백아린을 응시한 채로 장량이 말했다.

"적화신루 루주를 만나고 싶어."

*   *   *

예상치 못했던 장량의 말에 백아린이 이맛살을 찌푸렸다.

"저희 루주님을 뵙고 싶다고요?"

"그래. 오래전부터 한번 만나 보고 싶었는데 도저히 방법이 없더군. 적화신루의 총관들에게도 모습을 감출 정도니 찾는 게 쉽지 않더라고."

"……찾아보셨나 봐요?"

"물론이지. 날 누구로 보는 거야? 개방의 방주야. 세상에 내가 모르는 뭔가가 있다는 게 제일 싫다고."

말을 마친 장량은 다시금 호리병에 담긴 술을 들이켰다.

사실 오늘 장량의 기분은 그리 좋지 못했다.

방금 말한 것처럼 세상에 자신이 모르는 뭔가가 있음을 알게 돼서다.

정체불명의 세력들이 존재하는 것만으로도 충분히 불쾌한 일.

그런데 자신들이 모르는 그걸 적화신루는 알고 있었단다.

그 사실이 장량의 자존심을 상하게 만들었다.

물론 오늘 이렇게 백아린을 통해 적화신루 루주를 만나고 싶다는 뜻을 내비친 건 그런 이유 때문만은 아니었지만 말이다.

"만나 뵙고 하시려는 이야기가 뭐죠?"

"자세한 건 말해 줄 수 없지만 뭐겠어? 개방의 방주와 적화신루의 루주가 나눠서 할 이야기는 하나 아니겠어? 당연히 사업 이야기지."

아직까지 양 세력이 크게 적대적인 관계는 아니지만 결국 같은 길을 걸어가는 사이.

그렇다면 언젠가는 마찰이 생길 것이고, 또 누군가는 피해를 입게 될 것이다.

　백아린은 루주를 만나고 싶다는 말을 꺼낸 장량을 가만히 바라봤다.

　아마 그는 생각도 하지 못할 것이다.

　자신이 만나고 싶어 하는 그 적화신루의 루주와 지금 마주하고 있다는 사실을.

　꽤나 중요한 이유로 만남을 가지고 싶어 한다는 사실을 직감했지만 백아린은 자신의 정체를 드러낼 생각이 조금도 없었다.

　애초부터 적화신루의 루주는 정체를 감추고 살아간다. 휘장 속에 숨어 혹시 모를 위험에 대비하는 것이다.

　헌데 백아린은 그것만으로 만족하지 않고 또 다른 가짜 루주까지 내세웠다.

　이중으로 안전장치를 해 둔 채로, 직접 움직이며 적화신루를 키워 나가고 있는 것이다.

　이 만남을 어떻게 해야 할지 아직 확신이 서진 않았지만……

　백아린이 짧게 답했다.

　"제가 정할 수 있는 일이 아니라는 것 정도는 알고 계실 거예요. 우선 루주님께 말씀은 드리죠."

"그거면 충분해. 기다리고 있을 테니 연락 부탁한다고 전해 줘. 그리고…… 너무 오래 기다리게 하진 말라고도 전해 주면 좋겠군."

먼저 만나자는 청을 하고 있긴 했지만, 무림 내에서 개방의 방주는 적화신루 루주보다 위에 위치한 인물이다.

설령 뭔가를 부탁해야 할지라도 자신이 굽히고 들어갈 생각은 없는 장량이었다.

말을 전해 들은 백아린이 고개를 끄덕이며 물었다.

"그럼 하실 말씀은 이제 다하신 건가요?"

"뭐, 그렇다고 봐야지."

"이 정도 이야기셨으면 간단하게 전음으로 하셨어도 될 것 같은데요."

"맞는 말이야. 그런데 내 제안에 어떤 식으로 반응할지 알 수 없었으니까. 그리고 또 하나, 자네를 좀 더 자세히 보고 싶기도 했고."

"저를요?"

물어 오는 백아린을 향해 장량이 고개를 끄덕이며 말을 받았다.

"예전부터 궁금했거든. 정말 소문대로 대단한 자인지 말이야. 아까 그 친구에게도 말했지만, 혹시라도 적화신루에서 떠날 마음이 생긴다면 언제든 개방으로 찾아오라고. 그쪽 정도라면 특별히 자리 하나는 만들어 주지."

"왜 그리 높게 쳐주시는지 모르겠지만, 말씀만이라도 감사히 들을게요."

전혀 모르겠다는 듯 말하는 그녀를 바라보던 장량이 갑자기 남의 이야기처럼 툭 말을 내뱉기 시작했다.

"이 년 전에 말이야 섬서성에서 큰 싸움이 하나 벌어질 뻔한 적이 있었지."

섬서성 북부 지역의 패권을 놓고 시작된, 무려 여덟 개에 달하는 문파들이 얽힌 일이었다.

물론 그들이 구파일방이나 오대세가는 아니었지만, 이 싸움은 단순히 넘어갈 문제가 아니었다.

그 여덟 개의 문파 중 일부의 뒤에는 구파일방이나 오대세가와 관련된 이들 또한 분명 존재했었기 때문이다.

그들은 북쪽의 교역로와 연결되어 있는 장포산의 땅을 지니길 원했다.

모두의 욕심이 같으니 다툼이 벌어지는 건 당연했다.

그고 일은 점점 커져 가면서 수많은 이들이 희생됐을지도 모를 상황이 벌어지려던 찰나, 놀랍게도 일곱 개의 문파가 모두 장포산을 포기하겠다는 뜻을 내비쳤다.

덕분에 장포산은 나머지 하나의 문파가 지니게 되었고, 그로 인해 지금까지도 북쪽의 교역에 있어 무척이나 큰 이

점으로 작용하고 있다.

백아린은 갑자기 새로운 이야기를 꺼낸 장량을 가만히 바라봤고, 그는 다시금 말을 이었다.

"그 싸움의 승자는 바로 서권문(書拳門)이었지. 허나 그들의 승리는 전혀 예상치 못한 일이었어. 그들은 그 여덟 개의 세력 중에 중간 정도밖에 가지 못하는 이들이었으니까."

누구도 예상치 못한 승리.

그것도 피 한 방울 흘리지 않고 얻어 낸 승리였기에 더더욱 의미가 깊었다.

장량이 백아린을 응시하며 천천히 입을 열었다.

"그 뒤에…… 자네가 있었지."

당시 서권문은 이 싸움을 유리하게 이끌고 싶어 적화신루에 의뢰를 맡겼다.

조금의 도움이라도 받고 싶어 부탁한 의뢰, 그런데 그 의뢰가 승부를 결정지었다.

백아린이 직접 나서서 무력을 휘두른 것도 아니었다.

그저 정보.

그 정보력만으로 일곱 개의 문파들이 나가떨어지게 만들어 버린 것이다.

실로 아름답지 않은가?

정보 하나가 모든 걸 바꾸고, 정하는 상황.

정보 집단의 수장으로서 가장 이상적인 모습을 본 것이나 다름없었다. 당시 이 소문을 뒤늦게 접한 장량은 정말 미친 사람처럼 그 자리에서 손바닥을 쳐 대며 웃었다.

기분이 좋았고, 실로 감탄스럽기까지 했으니까.

그때의 기억이 나서인지 보다 유쾌한 표정으로 장량이 말을 이었다.

"그때부터 자네에 대해 궁금했어. 정보 하나만으로 모든 상황을 좌지우지해 버린 그 능력에 흠뻑 빠졌거든. 그리고 기쁘기도 했지. 그 모든 걸 정보만으로 가능하게 하는 사람이 있다는 사실에. 물론 그게 우리 쪽의 인물이 아니라는 게 좀…… 아니, 많이 아쉬웠지만."

그때부터 탐이 났다.

그렇지만 그때도 그렇고 지금도 그렇고 개방으로 오라는 말로 그녀를 설득할 생각은 없었다.

개방은 스스로 모든 걸 버린 이들이 찾아오는 곳.

스스로의 발로 오지 않는다면 아무 의미가 없다 여겼다.

백아린은 장량의 칭찬에도 전혀 들뜨는 기색 없이 답했다.

"정보를 관리하는 사람으로서 당연히 해야 할 일을 한 것뿐이죠. 칭찬받을 일이라고는 생각하지 않아요."

"맞아, 그게 정답이지."

백아린의 대답에 장량은 흡족한 표정을 지어 보였다. 정말 보면 볼수록 마음에 드는 재목이었다.

여인으로서의 아름다움 또한 분명 빼어났지만, 장량에게 그런 겉모습은 크게 의미가 없었다.

애초에 그런 걸 신경 썼다면 개방에 몸담고 방주의 자리까지 오르지 못했을 게다.

사실 이런저런 대화를 나눠 보고 싶었지만 아쉽게도 오늘은 날이 아니었다.

백아린도, 장량도 서로 해야 할 일이 남아 있었으니까.

못내 아쉬운지 장량이 말했다.

"다음번엔 술 한잔하지. 내가 모르는 자네의 무용담을 조금 더 듣고 싶거든."

허나 이번에도 백아린의 대답은 같았다.

"아쉽게도 그럴 기회가 있을지 모르겠네요. 말씀드렸지만…… 술은 좋아하는 사람하고만 마셔서요. 그것도 단둘이서는 더더욱요."

*   *   *

쏴아아아!

비가 내리고 있었다.

어둑해진 밤, 쉼 없이 쏟아지는 빗줄기가 천무진의 마음을 뒤흔들었다.

천무진이 자리하고 있는 곳은 나무 아래에 위치한 정자였다. 그곳에는 남윤이 준비해 준 술상이 있었고, 천무진은 홀로 술잔을 기울이고 있었다.

꽤나 독한 술을 다섯 병이나 비웠거늘 정신은 멀쩡했다.

복잡한 마음을 달래려는 듯 천무진이 술잔에 담긴 술을 목구멍으로 넘겼다.

술잔을 비운 그가 잠시 떨어지는 빗줄기를 바라봤다.

이번 별동대의 임무를 통해 많은 걸 알 수 있었다.

다시 자신의 손으로 돌아온 천인혼이 사실은 흑마신의 거점인 사해도에 있었다는 사실, 그리고 그자가 자신이 찾던 그들과 모종의 관계가 있었다는 것도.

저번 생에서 그들은 자신에게 흑마신을 죽이게끔 했다.

그런데 알고 보니 그는 지금까지 그들의 아군이었다. 그렇다면 훗날 무슨 이유로 상황이 변하고, 그로 인해 자신을 통해 흑마신과 그의 패거리를 몰살시켰다는 건데…….

거기다 그곳에 있던 자모충이라는 이름의 벌레 또한 계속 머리를 어지럽혔다.

분명 저번 생에서 자신 또한 그 자모충에 당했던 거 같은데 대체 그게 언제였던 걸까?

아무리 생각해도 당했던 때로 의심할 만한 상황이 떠오르지 않았다.

상념을 이어 가던 천무진을 현실 세계로 돌아오게 만든 건 빗소리와 뒤섞인 누군가의 발소리였다.

처벅 처벅.

떨어지는 비를 양손으로 가린 채, 종종걸음으로 달려오고 있는 건 다름 아닌 백아린이었다. 그녀가 서둘러 정자의 지붕 아래로 들어왔다.

그러고는 젖은 옷을 가볍게 툭툭 털며 중얼거렸다.

"하늘에 구멍이라도 났나."

중얼거리던 그녀가 이내 정자 위로 성큼 올라서서 천무진에게 다가왔다.

백아린이 물었다.

"여기서 뭐 하고 있어요?"

"그러는 그쪽은 왜 온 거야?"

"신경 쓰고 있을까 봐 돌아왔다고 말해 주러 왔죠. 그런데 여기 있다고 해서요."

"걱정 안 했다니까 그러네."

시큰둥한 대답과 함께 천무진이 술을 다시금 훅 들이켰다.

그런 그의 모습을 바라보던 백아린이 이내 옆에 빈 병을 보며 혀를 내둘렀다.

"이 술을 혼자 다 마신 거예요?"

"어쩌다 보니."

"우리 부총관이 술 좋아하는 병이라도 옮긴 건 아니죠?"

"그 정돈 아니야."

천무진이 피식 웃으며 말을 받았다.

어쩌다 보니 꽤나 많은 술을 마시고 있고 때론 즐기기도 했지만, 한천을 따라가려면 한참은 멀었다.

한천은 정말 술 귀신이 붙은 게 아닌가 하는 의구심이 들 정도의 주당이었으니까.

백아린이 정자의 기둥 한쪽에 몸을 기댄 채로 가만히 천무진을 바라봤다.

연거푸 술을 마시며 먼 하늘을 바라보는 그의 옆모습이 이상하게 자꾸 눈에 들어왔다.

자신을 바라보는 백아린의 시선을 느껴서일까?

천무진이 잔을 내려놓으며 말했다.

"돌아온 거 알았으니까, 이제 들어가. 쓸데없이 비 맞고 다니지 말고."

들어가도 된다는 말을 들은 백아린이 기둥에서 몸을 떼고는 잠시 머뭇거리다 이내 바깥이 아닌 오히려 더 안쪽으로 들어왔다.

그녀가 천무진의 맞은편에 주저앉았다.

자신의 건너편에 자리한 백아린의 모습에 천무진이 이해가 안 가는지 물었다.

"안 들어가?"

"뭐 그냥…… 잠깐 옆에 있어 줄까 해서요."

"갑자기 왜?"

"아뇨, 그냥 혼자 두기에는 뭔가 좀 쓸쓸해 보여서요."

"……."

생각지도 못한 백아린의 말에 천무진은 잠시 침묵했다. 허나 이내 뭔가 기분이 나쁘다는 듯 퉁명스레 받아쳤다.

"난 그런 거 몰라."

"어련하시겠어요."

웃는 얼굴로 받아친 백아린은 천무진의 앞에 놓인 술잔을 빠르게 잡아챘다. 그러고는 이내 술잔을 든 손을 앞으로 내밀었다.

"치사하게 혼자만 먹지 말고 저도 한 잔 줄래요?"

"……."

"뭐 해요. 사람 손 무안하게 할 거예요?"

잔을 쥔 채 좌우로 손을 흔들어 대는 그녀의 모습에 천무진이 결국 술병을 들고야 말았다.

비어 있는 잔에 술을 채워 주며 천무진이 말했다.

"이거 한 잔만 마시고 들어가. 멀리까지 다녀오느라 피곤할 텐데 굳이 여기 있지 말고."

천무진을 위해 광서성까지 쉴 틈 없이 동행했던 그녀다.

그 먼 거리를 급박한 일정에 맞춰 움직였으니 무인이라고 한들 지치는 건 당연했다.

그런 그의 말을 못 들은 척 백아린은 잔에 채워 준 술을 단숨에 들이켰다.

독한 술을 단번에 삼킨 그녀가 기분 좋은 찡그림과 함께 탄성을 내질렀다.

"크, 좋네요."

생각지도 못한 반응에 천무진이 갸웃했다.

"……술 별로 안 좋아하는 줄 알았는데."

함께하는 시간이 길어지면서 많은 부분 그녀에 대해 알게 된 것이 있었다.

그중에 하나가 바로 술에 관해서였다.

아예 입에도 안 대는 건 아니었지만 그리 술을 즐기지는 않는다는 것이다. 한천의 성화에 식사를 하며 반주를 한 적이 있었지만, 그 또한 그리 많지는 않았다.

당연히 그리 좋아하지 않는다 여겼거늘…….

바로 그때 백아린이 입을 열었다.

"좋아해요."

그녀가 잔을 내밀며 천천히 말을 이었다.

"술 마시는 거…… 좋아한다고요."

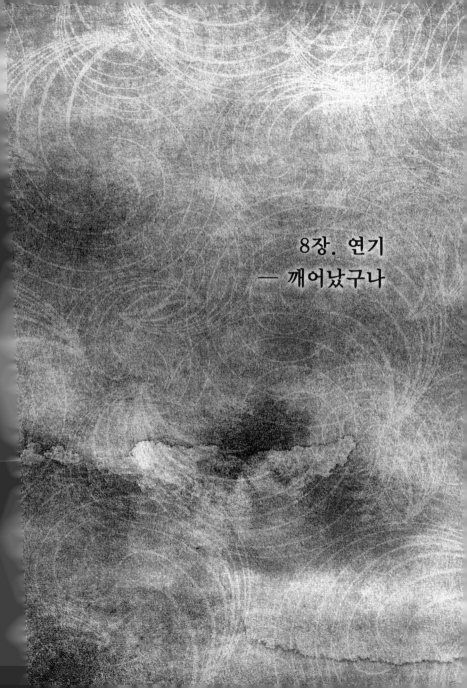

8장. 연기
— 깨어났구나

깊어지는 밤.

그리고 짙어지는 어둠만큼 누군가의 속 또한 점점 복잡해지고 있었다.

자신의 방에 앉아 쏟아지는 빗줄기를 말없이 응시하고 있는 건 다름 아닌 화산파의 자운이었다.

고요하게 가라앉은 눈동자.

그렇지만 그의 속은 그리 평온하지 못했다.

오늘 있었던 무림맹 회의 때문이었다.

'맹주의 숨통을 끊었어야 했는데⋯⋯.'

절호의 기회라 여겼다.

추자후를 옭아매기 위해 오랫동안 심어 두었던 모용세가의 모용진이라는 패도 이용했다. 맹주가 그를 믿도록 만들기 위해 얼마나 오랜 시간을 공들여 준비했는지 이루 말로 표현하기 어려울 정도다.

추자후는 허허로워 보이는 외향과는 달리 무척이나 날카로운 인물이었다. 그에게 믿음을 주는 일은 그리 간단치 않았다.

그를 속이기 위해 얼마나 힘들었던가.

그렇게 힘겹게 맹주를 속여 옆자리에 두었던 모용진이 정체를 드러내게 만든 건 그만큼 지금 이 기회가 확실하다는 판단이 섰기 때문이었다.

그런데…….

'천룡성의 놈이 모든 걸 망쳐 놨군.'

천무진이 이지강을 살려서 나타난 순간, 자운은 준비했던 모든 계획들을 취소하고 한발 물러나야만 했다. 지금은 이를 드러내서는 안 되는 상황이 되어 버려서다.

그 때문에 괜히 자신들의 패만 몇 개 날아간 상황.

자운의 마음이 편치 않은 건 당연했다.

홀로 조용히 앉아 있던 자운이 갑자기 입을 열었다.

"무슨 일이야."

아무도 없는 허공을 향해 말을 던지는 그 순간이었다. 어둠 속에서 한 여인이 천천히 모습을 드러내기 시작했다.

무림맹까지 당자윤을 데리고 왔던 여인, 주란이었다.

그리고 자운은 천무진이 찾는 그들과 관련이 있는 주란과 안면이 있는 모양새였다.

은밀하게 나타난 주란을 보며 조금의 놀람조차 보이지 않았으니까.

그녀가 비웃듯 입꼬리를 올린 채로 입을 열었다.

"한심하긴. 완벽하게 밥상을 차려 줬는데 그거 하나 못해낸 거야? 왜? 떠먹여 주기까지 했어야 해?"

주란의 도발에 자운의 표정이 구겨졌다.

고개를 돌려 그녀를 마주한 채로 자운이 짜증스레 말했다.

"지금 네가 나한테 뭐라 지껄일 상황이나 돼? 일이 왜 이렇게 됐는데? 대체 넌 뭘 하다 그놈을 놓친 거야?"

자운의 눈동자가 꿈틀거렸다.

사실 이번 계획이 실패한 것에 대해 책임을 논하자면 자신의 잘못은 거의 없다고 생각했다.

일이 어그러지게 된 모든 원흉은 이지강을 놓친 다른 쪽에 있었으니까.

주란이 어깨를 으쓱하며 말했다.

"이지강을 죽이라는 임무를 내가 맡았다면 그자가 살아서 이곳에 있을 리 없잖아?"

자신감 가득한 목소리.

하지만 그 말을 자운 또한 인정하는지 작게 고개를 끄덕였다. 그러고는 이내 그가 중얼거렸다.

"그나저나 이번 일을 어르신이 무척 중요하게 생각하셨는데 어떻게 해야 할지 모르겠군."

일이 엎어진 것 또한 분명 큰 문제였다.

허나 자운이 더욱 두려운 건 이번 임무가 실패로 돌아가며 자신이 모시는 어르신의 심기를 건드린 건 아닐까 하는 것이었다.

그가 무엇을 걱정하고 있는지 단번에 알아차린 주란이 말했다.

"맞아. 이번 기회를 놓친 것에 대해 어르신께서는 무척이나 화가 나실 거야. 하지만…… 나도 어느 정도는 납득하고 있어. 이지강이 살아서 나타나는 건 나로서도 예상하지 못했거든. 아마도 그 책임을 네게 묻지는 않으실 거야."

"……그래?"

대답을 하는 자운의 표정은 한결 밝아졌다.

그나마 고민하던 것 중에서 가장 커다란 부분이 해결된 덕분이다. 허나 주란은 그런 그를 비웃듯 입을 열었다.

"아직 마음 놓지 마. 어르신의 결정이 내려온 건 아니니까."

자신도 모르게 속내를 너무 드러냈다는 걸 느낀 자운이 서둘러 얼굴에 가득했던 감정을 다시금 감췄다.

언제나처럼 속을 알 수 없는 묘한 표정만이 감도는 얼굴로 고개를 끄덕였다.

그런 그를 향해 주란이 말을 이었다.

"어떤 판결이 내려오든 개인적으로 앞으로는 실망시키지 않았으면 좋겠어. 우리 십천야의 이름에 먹칠을 하는 건 같은 일원인 내가 그리 탐탁지 않아서 말이야."

어르신이라 불리는 그 존재의 최측근을 일컫는 십천야.

그리고 놀랍게도 화산파의 자운은…… 그 십천야의 일원이었다.

주란의 경고에 내심 불쾌감도 치밀었지만, 자운은 내색하지 않고 짧게 답했다.

"새겨듣지."

그녀가 하는 말을 어느 정도 이해하고 있기 때문이다.

십천야.

세상에 드러나지 않은 열 개의 밤하늘.

자신들의 이름이자, 곧 천하를 좌지우지할 이들의 단체라는 자부심이 있었다.

이내 자운이 물었다.

"그나저나 이 밤에 무슨 일로 내 거처에 찾아온 거야?

설마 이런 말이나 하려고 온 건 아닐 테고."

"아, 묻고 싶은 게 있어서 온 김에 겸사겸사. 그놈들 어떻게 할 생각이야?"

"그놈들이라니?"

"잡혀간 가짜 증인들 있잖아. 그놈들 때문에 또 귀찮은 일이 벌어질 것 같으면 미리 손을 써 둬야 할 거 아냐."

추자후를 함정에 빠트리기 위해 거짓 증언을 했던 두 사람.

모용진과 노효방이다.

두 사람에 대한 질문에 자운이 피식 웃으며 답했다.

"걱정할 필요 없어. 한 놈은 아는 게 없고 모용세가의 놈은…… 말할 수가 없을 테니까."

말을 할 수 없을 거라는 뜻 모를 의미심장한 한마디. 그런데도 불구하고 주란은 곧바로 이해했는지 고개를 끄덕거렸다.

그런 그녀를 향해 자운이 말을 이었다.

"혹시나 모용진이 조금이라도 정신을 차려서 이야기를 하려고 한다 해도 그놈 또한 아는 것이 별반 없는 건 크게 다르지 않으니 문제 될 건 없어. 기껏해야 필요 없는 놈 몇 정도 던져 주고, 꼬리를 자르면 절대 위에까지 문제가 생기지는 않을 거다."

분명 맹주파는 반맹주파를 의심하고 있을 게다.

허나 그게 뭐가 문제인가?

증거가 없다면 그건 그저 의심으로 끝날 수밖에 없다.

자운이 아쉽다는 듯 말을 이었다.

"어렵게 모용세가를 조종하고 있었는데 이번 일로 다소 복잡해지게 생겼군. 앞으로 일을 진행하는 데 있어 차질이……."

"그 부분은 걱정할 필요 없어."

주란이 자운의 말을 자르며 들어왔다.

자운이 그녀를 응시하며 물었다.

"걱정할 필요가 없다니?"

"모용세가보다 더 큰 걸 물어 왔으니까."

자신만만한 주란의 말투에 자운은 고개를 갸웃할 수밖에 없었다. 무림에서 모용세가보다 크다고 칭할 만한 이들은 얼마 되지 않았으니까.

누구냐고 묻는 듯한 그 눈빛을 받으며 주란이 천천히 입을 열었다.

"사천당문."

"그게 진짜야?"

"이번 일로 한 놈을 손에 넣었거든. 뭐 아직은 햇병아리지만 잘만 굴리면 우리의 일에 큰 도움이 될 수 있을 거야."

주란이 말하는 건 다름 아닌 당자운이었다.

그리고 이곳 자운의 거처에 직접 찾아온 이유 중 하나는 당자운을 살리기 위해서기도 했다. 지금 이대로 흘러간다면 그는 무림에 다시는 발도 못 붙일 상황이 되어 버릴 테니 말이다.

그녀가 말을 이었다.

"그런데 그놈을 키우기 위해서는 네 힘이 조금 필요한데…… 도와줄 수 있지?"

말을 하며 주란이 천천히 몸을 낮춰 양손으로 탁자를 짚었다.

자리에 앉아 있는 자운과 시선을 맞춘 그녀.

자신감 가득한 그 얼굴을 마주하고 있던 자운이 입을 열었다.

"……뭐가 필요한지 말해 봐."

*　　　*　　　*

밤이 늦었지만 사천당문의 입구는 꽤나 많은 숫자의 무인들이 자리하고 있었다. 얼마 전 있었던 내전 이후 경비가 꽤나 삼엄해진 상태였기 때문이다.

입구를 지키고 있던 수문위사 중 한 명이 갑자기 옆에 있는 동료의 옆구리를 툭툭 쳤다.

"어이, 저기 뭐가 있는 것 같은데?"

"있긴 뭐가 있다는 거야?"

피곤한 얼굴로 고개를 돌렸던 사내는 눈을 부릅떴다. 어두운 밤, 그리고 꽤나 먼 거리긴 했지만…….

그가 손을 번쩍 들어 올리며 주변으로 신호를 보냈다.

가뜩이나 어두운 밤, 비까지 와서 분간하는 것이 더 어렵긴 했지만 분명 뭔가가 보였다. 그리고 그 정체불명의 무엇인가는 자신들이 있는 사천당문으로 향하고 있었다.

사내의 수신호에 주변을 경계하고 있던 사천당문의 모든 무인들이 자리를 잡고 앞을 향해 정신을 집중했다.

그리고 얼마 되지 않아 빗줄기 속에서 비틀거리며 다가오는 그 누군가의 모습이 점점 또렷하게 시야에 들어왔다. 허나 문제는 상대의 얼굴을 알아볼 수가 없다는 점이었다.

긴 장포를 머리에서부터 눌러쓴 탓이다.

비에 젖은 장포를 뒤집어쓴 정체불명의 상대가 비틀거리며 계속해서 다가오자, 수문위사들의 수장이 앞으로 나서며 경고의 말을 날렸다.

"이곳은 사천당문, 허락받지 않은 자는 들어올 수 없습니다. 신분을 밝히십시오."

"……."

터벅, 터벅.

신분을 밝히라는 말에도 비틀거리며 다가오는 상대를 보며 결국 그들은 각자의 무기를 꺼내어 들었다.

혹시라도 상대가 공격해 들어온다면 그걸 막아 내기 위함이다.

그렇지만…….

다가오던 그 정체 모를 장포의 사내는 입구에서 얼마 떨어지지 않은 곳에 이르러 갑자기 쓰러졌다.

철퍼덕.

비 때문에 엉망이 된 바닥으로 넘어진 상대는 가볍게 부르르 떨었다.

그런 상대를 바라보며 사내 하나가 물었다.

"조장 어떻게 할까요?"

"……."

수문위사를 이끄는 그가 정체불명의 사내를 잠시 고민스레 바라보다 이내 수하들을 향해 짧게 말을 이었다.

"내가 가서 확인할 테니 모두 대비들 해. 혹시라도 문제가 생기면 곧바로 종을 울리도록."

"예, 조장."

말을 마친 그는 조심스럽게 쓰러진 상대를 향해 걸음을 옮겼다. 그러고는 어느 정도 거리에 이르자 검집을 내뻗었다.

스윽.

검집이 얼굴을 가리고 있던 장포의 일부분을 걷어 냈고, 그렇게 안쪽에 감춰져 있던 얼굴이 드러나는 그 순간……

장포 너머의 얼굴을 확인한 그가 놀란 목소리로 버럭 소리를 내질렀다.

"의, 의원을 불러라!"

생각지도 못한 외침에 수하들이 잠시 머뭇거릴 때였다. 그가 서둘러 고개를 돌리며 재차 소리쳤다.

"뭣들 해! 의원을 부르라고!"

버럭버럭 소리를 지르는 그의 뒤편에 쓰러져 있는 정체불명의 사내.

수척해진 얼굴로 빗줄기를 정면으로 맞으며 혼절해 있는 그의 정체는 바로…… 당자윤이었다.

죽었을 거라 알려진 그가 살아 돌아온 것이다.

내부로 뛰어 들어갔던 이는 곧 늙은 노인 한 명과 함께 바깥으로 달려왔다.

당사옹이라는 이름의 의원이었다.

뛰어난 독인이면서, 그만큼 의술에도 능통한 그는 사천 당문 내에 있는 환자들을 살피는 의원 중 하나였다.

의복도 잘 차려입지 못한 그가 황급히 달려오더니 곧바로 당자윤의 맥을 짚었다.

기혈까지 확인한 그가 살짝 표정을 찡그렸다.

그런 당사옹의 표정에 조장 사내가 물었다.

"상태가 어떻습니까? 안 좋은 겁니까?"

"음…… 다행히 목숨은 붙어 있네만 치료를 서둘러야겠군. 내상이 깊어."

자리에서 일어난 당사옹이 주변에 있는 이들에게 가볍게 손짓했다.

"어서 의방으로 옮겨야 해. 최대한 흔들리지 않도록 옮기게."

"알겠습니다."

당사옹의 명령에 수문위사들 중 하나가 조심스레 몸을 굽혀 쓰러진 당자윤을 둘러업었다. 그러고는 곧바로 당사옹의 의방으로 움직였다.

입구에서 그리 멀지 않은 곳에 위치했기에 의방에 도착하는 건 순식간이었다.

의방에 준비되어진 침상에 당자윤을 눕히자, 당사옹이 다급히 겉옷을 벗으며 말했다.

"지금부터 환자를 치료해야 하니 나가 있게."

"알겠습니다."

침을 뽑아 드는 당사옹의 모습에 그자는 서둘러 의방 바깥으로 빠져나갔다. 그리고 막 침상에 누워 있는 당자윤의 손목에 침을 가져다 대는 그 순간이었다.

덥석.

죽은 듯 쓰러져 있던 당자윤의 손이 당사옹의 손목을 잡아챘다.

쓰러져 있던 환자가 자신을 움켜잡았거늘, 그는 오히려 입가에 미소를 머금었다.

"깨어났구나."

당사옹의 시선이 향한 곳.

그곳에는 이미 상체를 일으켜 세운 당자윤이 자리하고 있었다.

그가 표정을 찡그린 채로 입을 열었다.

"처음부터 멀쩡했던 거 잘 알고 있었잖습니까. 누굴 고슴도치로 만들 생각입니까?"

당자윤의 말에 당사옹은 그저 웃고만 있었다.

처음 맥을 짚기도 전부터 이미 당사옹은 그가 멀쩡하다는 사실을 알고 있었다.

아니, 그걸 떠나 애초에 오늘 밤에 당자윤이 나타날 거라는 것조차 알았다고 해야 정확할 게다.

처음부터 준비되어진 연극.

그저 그 연극에 장단을 맞춘 것뿐이다.

투덜거리는 당자윤을 바라보던 당사옹이 갑자기 침 하나

를 빠르게 그의 팔목에 툭 하고 놓았다. 그런 그의 행동에 당자윤이 불만을 터트렸다.

"대체 뭘······."

"네 역할이 뭐더냐. 환자 아니더냐. 그럼 적어도 침 몇 방 정도는 맞고 누워 있어 줘야지. 그래야 좀 환자 같아 보일 것 아니냐."

말과 함께 당사옹은 당자윤이 일으켜 세우고 있던 상체를 손바닥으로 밀어 다시금 침상에 눕혔다.

그러고는 이내 옆에 놓여 있는 침통을 들어 올리며 안에 든 침 하나를 꺼내어 들었다.

검지보다 긴 날카로운 침을 스윽 손가락으로 훑으며 당사옹이 나지막이 중얼거렸다.

"이왕 연기를 할 거라면 말이다······."

이윽고 그 긴 침을 당자윤의 어깨에 살짝 박아 넣은 그가 말을 이었다.

"같은 편도 속일 정도로 완벽해야 하는 법이지."

*　　　*　　　*

점심시간이 막 지났을 무렵의 시간.

천무진은 백아린, 한천과 함께 무림맹으로 향했다.

정체를 드러낸 이상 군이 홍천관의 무인 행세를 할 이유
가 사라져, 출근할 필요가 없는 천무진이다. 그럼에도 불구
하고 이렇게 무림맹으로 가는 이유는 다름 아닌 맹주와의
약속이 있었기 때문이다.

나란히 걸어가던 도중 한천은 옆에서 피곤하다는 듯 길
게 하품을 하는 백아린의 모습을 확인했다.

그가 물었다.

"대장, 잘 못 주무셨습니까?"

"응, 어쩌다 보니."

아무렇지 않게 대답하는 백아린의 모습에 천무진이 기가
막힌다는 듯 옆에서 끼어들었다.

"부총관이 술 귀신인 줄 알았는데, 진짜 술 귀신은 따로
있더군."

"예? 그게 무슨 말씀이십니까?"

"그쪽 대장 있잖아. 완전 술 귀신이라고."

천무진이 백아린을 향해 고갯짓을 하며 말했다.

허나 그 말에 한천은 까무러칠 듯이 놀란 표정을 지어 보
였다.

"두 분이서…… 술을 마셨다고요?"

눈을 동그랗게 뜨고 묻는 그의 질문에 천무진이 고개를
끄덕이며 답했다.

"보통이 아니더라고. 여태 술 안 좋아하는 줄 알았는데 깜빡 속았다니까."

"한 잔도 아니라 그렇게 많이 드셨다고요? 그게 진짭니까?"

한천이 믿어지지 않는다는 듯 되물었다.

그가 놀라는 건 당연했다.

백아린에 대해 너무도 잘 알았으니까.

그녀는 자신이 좋아하는 사람이 아니라면 함께 술자리를 갖지 않았다. 하물며 둘뿐이라면 더더욱 그러했다.

상황에 따라 한두 잔 정도야 마시는 경우가 제법 있었지만 제대로 된 술자리라면 이야기가 달랐다.

실제로 백아린은 천무진을 처음 만났던 그날도 객잔에서 술을 한 잔 마셨었으니까.

허나 그런 속사정을 모르는 천무진의 입장에서 지금 한천의 모습은 의아함을 불러일으킬 수밖에 없었다.

"그랬는데 왜?"

"허어!"

다시금 돌아온 대답을 들으며 한천이 놀랍다는 듯 짧게 탄성을 터트렸다.

그러고는 이내 그가 의심스러운 눈길로 백아린의 위아래를 훑었다.

그런 그의 시선을 느껴서일까?

백아린이 한천의 시선대로 자신의 몸 상태를 살피고는 물었다.

"왜 그래?"

"흐음."

뭔가 장난스러운 표정을 지어 보이는 한천의 모습에 백아린은 이상하게 발끈했다.

슬그머니 등에 지고 있는 대검의 손잡이에 손을 가져다 대는 시늉을 하자 한천이 황급히 손사래를 치며 둘러댔다.

"에이, 왜 그러십니까! 대장, 그냥 대장이 술 마셨다니까 놀래서 그랬죠. 엇? 무림맹이 저기 보이는군요. 언제 여기까지 왔데."

갑자기 손으로 멀리에 있는 무림맹을 가리키며 한천이 호들갑을 떨었다. 그런 그의 모습에 백아린은 절레절레 고개를 흔들었다.

그렇게 소란스레 도착한 무림맹.

세 사람은 곧바로 맹주 추자후를 만나기 위해 안쪽으로 움직였다. 미리 말이 오갔던 덕분인지 그를 만나는 건 그리 어렵지 않았다.

세 사람은 곧바로 맹주의 집무실로 안내받을 수 있었다.

집무실 입구에 도착하자 이곳까지 천무진 일행을 안내해

준 사내가 안쪽으로 보고를 올렸다.

"맹주님, 약속된 손님들이 오셨습니다."

"아, 그래? 드시라고들 하게."

곧바로 안에서는 추자후의 목소리가 들려왔고, 사내는 슬며시 문을 열며 옆으로 비켜서 줬다. 말은 안 했지만, 그의 시선은 천무진에게 틀어박혀 있었다.

아직 완전히 소문이 난 건 아니지만 천무진에 대한 건 이미 조금씩 알려지는 중이었다.

천룡성의 무인 천무진.

그를 직접 본 사내의 눈동자에는 경외감이 가득했다.

그렇게 안내를 받아 도착한 추자후의 집무실.

그 안에는 세 명의 인물이 자리하고 있었다.

추자후와 군사 위지겸, 그리고 또 한 명의 인물이었다.

먼저 와 있던 다른 손님의 정체는 다름 아닌 남궁세가의 가주 남궁위무였다.

그가 자리에서 일어나 천무진을 향해 포권을 취해 보였다. 먼저 인사를 건네는 남궁위무를 향해 안으로 들어서던 세 사람 또한 포권으로 답했다.

남궁위무가 곧바로 입을 열었다.

"어제는 경황이 없어 제대로 인사를 드리지 못했군요. 남궁세가 가주 남궁위무입니다."

"천무진입니다."

"이야기는 윤이를 통해 들었습니다. 우리 가문의 아이를 살려 주신 은혜를 어찌 갚아야 할지요. 천 소협이 아니었다면 전 아무것도 모르고 계속 맹주님을 의심할 뻔했으니, 실로 은인이라 하실 수 있습니다."

남궁위무는 추자후를 의심했었다.

사사로운 욕심 때문에 자신의 가문인 남궁세가 무인 둘을 죽게 만들었다고 여기고, 그에게서 등을 돌렸다. 헌데 살아 돌아온 남궁윤을 통해 자신이 완전히 오해를 하고 있었다는 사실을 깨달을 수 있었다.

어제 남궁윤이 살아 돌아온 걸 확인했을 때부터 어느 정도 예상했던 일.

회의가 끝나고 직접 이야기를 전해 들었고, 날이 밝기 무섭게 실례를 범했던 일에 대해 사과를 하기 위해 추자후를 찾아왔던 것이다.

그리고 그런 남궁위무의 사과를 추자후는 웃는 얼굴로 받아 줬다.

남궁위무가 앉아 있는 추자후를 향해 고개를 돌렸다.

"손님들이 오셨으니 전 이만 물러가겠습니다. 이번 일로 인해 범했던 실례에 대해 다시 한 번 용서를 구합니다, 맹주님."

"됐다니까 그러네. 오히려 사죄를 할 사람은 날세."

사리사욕을 채우기 위해 별동대를 파견했다는 건 분명 거짓이었다.

허나 바뀌지 않는 하나의 진실은 결국 그 별동대에게 이번 임무를 내린 건 자신이라는 거다.

의로운 일을 하기 위해 떠났던 건 사실이지만, 결국 그로 인해 많은 이들이 죽었다.

한 무리의 수장으로 있으면서 어쩔 수 없이 감당해야 할 부분이긴 했지만 추자후로서도 결코 마음이 편할 리 없었다.

그런 추자후의 말에 고개를 저으며 남궁위무가 답했다.

"아닙니다, 맹주님. 사죄를 해야 할 건…… 맹주님이 아닌 그놈들이지요."

아직까지 정체를 알 수 없는 그들.

그들에게서 자신의 동생을 죽인 죗값은 반드시 받아 낼 생각이었다.

남궁위무가 추자후를 향해 다시금 인사를 던졌다.

"다음에 다시 찾아뵙지요."

"조심히 가게."

짧은 인사를 끝낸 그가 집무실을 벗어났고, 이내 추자후의 시선이 천무진 일행에게로 향했다.

그가 웃으며 입을 열었다.

"앉으시지요."

추자후의 말에 세 사람은 비어 있는 자리에 가서 착석했다. 모두가 자리에 앉자 추자후가 먼저 감사의 인사를 전했다.

"어제 상황이 상황이니만큼 제대로 인사를 드리지 못했군요. 세 분 덕분에 위기를 잘 모면할 수 있었습니다. 고맙습니다. 그리고…… 별동대의 생존자들을 구해 주신 부분에 대해서는 더욱 깊게 감사의 뜻을 표합니다."

천무진과 적화신루의 두 사람 덕분에 위기에서 빠져나올 수 있었다.

허나 그보다 더욱 감사의 뜻을 표하고 싶은 건 비록 몇 안 되긴 했지만, 생존자들을 구해 왔다는 점이다.

아마도 이들이 없었다면 그들 또한 결코 살아서 무림맹으로 돌아오지는 못했을 테니까.

고마움을 표하는 추자후를 향해 천무진이 짧게 답했다.

"이러실 필요 없습니다. 전 해야 할 일을 한 것뿐이니까요."

추자후와 천무진이 짧게 대화를 주고받은 직후 기회를 엿보고 있던 위지겸이 둘 사이에 끼어들었다.

"서찰을 통해 대충 전해 듣긴 했습니다만…… 대체 이번 일은 어떻게 된 겁니까?"

청아원의 일까지는 어느 정도 알고 있지만, 그 직후 벌어진 상황들에 대해서는 정확하게 파악이 끝나지 않은 상태였다.

물어 오는 위지겸의 질문에 백아린이 입을 열었다.

"그건 제가 설명해 드릴게요. 저희는 청아원을 치고, 그들의 배후에 다른 이들이 있다는 사실을 알았어요. 그래서 곧바로⋯⋯."

백아린은 그 이후에 있었던 일들에 대해 설명을 이어 갔다.

흑마신의 거처인 사해도로 네 사람이 쳐들어간 다음, 그곳에서 있었던 일들에 대해. 그리고 그 이후 무림맹의 별동대들을 구해 내기까지.

꽤나 긴 이야기였으나, 놀라울 만한 요소가 가득했던 탓인지 이야기를 듣는 내내 추자후와 위지겸은 연신 탄성을 토해 냈다.

긴 이야기가 끝났고, 집무실 안에는 잠시 적막이 감돌았다.

여러 가지 부분에서 놀랐는데 특히나 믿기 어려운 부분은 단 네 명이서 흑마신이 이끄는 흑마련을 쓸어버렸다는 거다.

아직까지 이 일에 대해서는 중원에 전혀 알려지지 않았다.

그건 사해도가 섬이라는 이유가 컸다.

외부인이 드나들 수 없는 곳이었기에, 그들이 무너진 사실이 아직 알려지지 않은 것이다.

허나 이미 모두가 제압당한 마당이니 결국 얼마 지나지 않아 소문은 흘러나올 것이다.

그리고 아마 그 소문으로 인한 관심은 천룡성의 주인인 천무진, 그에게로 향할 게 자명했다.

의자에 몸을 기댄 채로 추자후가 나지막이 중얼거렸다.

"허허, 단 네 명이서 흑마련을 정리했다니."

과연 지금 중원에서 그 같은 일이 가능한 이들이 몇이나 될까?

실로 놀라운 일을 해낸 당사자들이 지금 눈앞에 있었다.

백아린이 말을 이었다.

"일단락하긴 했지만, 정리를 하는 데 있어 무림맹의 도움이 좀 필요해요."

"말해 보게나."

추자후가 고개를 끄덕이며 답했다.

구해 낸 아이들은 단엽이 지시를 내려 대홍련이 보호하고 있고, 그곳 섬에 점혈당해 있던 흑마련의 무인들은 적화신루를 통해 이곳 무림맹으로 호송되고 있다.

이 이후에는 관부로 넘겨 그들이 지은 죗값을 톡톡히 치르게 할 생각이었다.

허나 단 한 명, 관부에 이대로 넘길 생각이 없는 자가 있었으니 바로 아이들을 가지고 직접적으로 실험을 일삼던 적면신의다.

"아까 말씀드렸던 적면신의를 이곳 무림맹의 지하 감옥에 가둬 뒀으면 해요."

"더 캐낼 것이라도 있는가?"

"조금 더 알아보긴 해야겠지만 아마 그런 건 없을 거예요."

적면신의는 그저 하수인에 불과했다.

그는 아이들을 가지고 실험을 하는 것에 쾌락을 얻었을 뿐, 그 외에 것에는 별다른 관심을 보이지 않았다. 당연히 그로 하여금 이 같은 일을 벌이도록 만든 그들에 대해서도 알지 못했다.

그 모든 걸 관리했던 건 아마도 죽은 흑마신일 터.

자신이 살기 위해 많은 걸 술술 불어 대던 적면신의다.

그것이 연기일 수도 있겠지만…… 그의 성정을 보고 추측건대 아는 걸 숨기고 있을 확률은 그리 높지 않아 보였다.

허나 이대로 관부에 넘기기엔 다소 찜찜한 것이 많은 것도 사실, 거기다가 아직 그에게서 얻어야 할 뭔가가 남아 있었다.

그랬기에 백아린은 비밀리에 그를 무림맹 지하 감옥 안

에 가둬 두기를 원했다.

그녀의 청에 추자후가 옆에 있는 위지겸에게 슬쩍 시선을 주었다.

그러자 그가 곧바로 답했다.

"알겠습니다. 그럼 적면신의의 신분을 아예 바꿔서 지하 감옥 안에 가둬 두도록 하지요."

무림맹의 지하 감옥은 아무나 드나들 수 있는 곳이 아니다. 허나 그럼에도 불구하고 혹시 모를 상황에 대비해서 위지겸은 가짜 신분까지 만들어 적면신의를 꼭꼭 감춰 둘 생각인 것이다.

"좋은 판단이네요, 군사님."

"하하, 칭찬 고맙습니다. 그런데 이야기 들으셨습니까?"

위지겸이 슬그머니 말을 꺼냈다.

방금 전에 들어온 깜짝 놀랄 소식, 직접 들어온 보고다 보니 누구보다 빠르게 알아냈다 자부할 수도 있겠지만 상대가 다른 이도 아닌 백아린이다.

적화신루는 정보 단체고, 그랬기에 자신이 먼저 이런 정보를 얻었다 확신하지 못했다.

백아린이 물었다.

"무슨 이야기요?"

"그…… 별동대에 생존자가 한 명 더 있다더군요."

말을 하며 위지겸은 이곳에 온 세 사람의 표정을 살폈다.

일말의 표정 변화도 없는 얼굴들.

그랬기에 알 수 있었다.

위지겸이 웃으며 말했다.

"허허, 이미 알고들 있었군요."

그의 말에 백아린이 고개를 끄덕였다.

당자윤, 그가 살아서 사천당문에 모습을 드러냈다는 소식을 이곳 무림맹으로 출발하기 한참 전에 이미 전해 들었던 상태다.

생존자가 더 있다는 소식은 분명 반가울 일이다.

그럼에도 불구하고 추자후나 위지겸이 이런 애매한 표정을 짓고 있는 건, 생존자들을 통해 들었던 이야기가 있어서다.

그건 바로 그가 동료를 버리고 도망친 것 같다는 의심이었다.

추자후가 입을 열었다.

"총관의 생각은 어떤가? 정말로 그가 동료를 버리고 도망쳤다고 보이는가?"

물어 오는 질문에 백아린은 잠시 생각했다.

개인적인 악감정이 있는 상대인 건 맞지만, 정보 단체의 인물인 만큼 이런 상황에서는 그런 사사로운 마음을 모두 배제한 채로 결론을 내렸다.

허나 그럼에도 생각은 크게 달라지기 어려웠다.

모든 정황들이 말하는 답은 하나였으니까.

그녀가 솔직히 말했다.

"다른 가능성이 있는 걸 배제할 순 없겠지만…… 사실 그래요."

"이거야 원."

추자후가 복잡한 표정을 지어 보였다.

생존자가 한 명 더 늘어났거늘 마냥 반기기가 어려운 이 상황이 못내 마음이 쓰렸다.

어쨌거나 아직까지 확실한 답이 나오지는 않았으니 섣부른 판단은 자제해야만 했다. 아주 만약에라도 그게 아닐 경우 또한 생각해 둬야 했으니까.

백아린이 물었다.

"좋지 않은 상태로 사천당가에 나타났다는 말은 들었어요. 아직도 그 상태인가요?"

사천당문 내부로 들어간 이후의 일은 아직 파악할 만한 시간이 없었기에 그의 상태가 어떤지는 더 깊게 알아내지 못했고, 그랬기에 직접 추자후에게 물은 것이다.

그녀의 질문에 추자후가 답했다.

"아직까지도 정신을 못 차렸다고 전해 들었네. 깨어나면 뭐라도 알아낼 수 있겠지. 그러니 자네도 가능하면 이 일이

보다 확실해질 때까지 그 생각은 함구해 줬으면 하는데 그럴 수 있겠는가?"

추자후의 부탁에 백아린이 곧바로 고개를 끄덕였다.

"물론이죠. 저도 확실하지 않은 것을 떠들고 다닐 생각은 없거든요. 그리고 그런 생각을 하고 있는 건 저뿐만이 아닐 거예요."

말을 마친 그녀가 옆에 있는 천무진과 한천은 바라봤다.

그들 또한 작게 고개를 끄덕였고, 그 모습까지 확인한 추자후가 감사의 뜻을 내비쳤다.

당자윤에 대한 이야기는 거기서 끝이 났고, 이후에도 이번에 있었던 별동대의 일과 관련한 뒤처리에 대해 간략한 이야기들을 나눴다.

그렇게 이번 일정의 일을 정리한 이후 세 사람은 맹주의 거처를 빠져나왔다.

무림맹을 나와 거처로 돌아가던 도중 백아린이 입을 열었다.

"아, 전 부총관과 잠시 적화신루에 의뢰를 넣으러 다녀와야 할 것 같아요. 먼저 가요."

"그래? 그러면 이따가 보자고."

천무진이 알겠다는 듯 말을 끝내고 움직이자, 백아린도 한천과 함께 다른 방향으로 이동하기 시작했다.

천무진과 적당히 거리가 벌어지자 그제야 한천이 입을 열었다.

"급히 뭐 의뢰하실 거라도 있으신 겁니까?"

"응. 의뢰를 할 것도 있고, 상부에 보고해야 할 일도 하나 생겨서."

"상부에 보고해야 할 일이라뇨?"

물어 오는 한천을 향해 백아린이 담담하게 답했다.

"개방 방주가 루주님을 만나고 싶다네."

"……예?"

적화신루의 루주가 백아린이라는 걸 아는 한천이 기겁한 표정을 지어 보였다.

그러고는 이내 그가 황급히 다시 물음을 던졌다.

"어쩔 생각이십니까?"

물어 오는 질문에 걸음을 옮기던 백아린이 입을 열었다.

"글쎄 어떻게 해야 하나."

개방 방주의 제안.

사실 백아린으로서도 무척이나 신경이 쓰이는 부분이 아닐 수 없었다.

입가에 묘한 미소를 건 채로 백아린이 중얼거렸다.

"만나 줄까…… 말까."

9장. 전세역전
― 다시 한 번 말해 보지

무림맹의 회의가 있고, 삼 일의 시간이 지났을 무렵.

바깥에 나갔던 백아린이 새로운 소식을 하나 가지고 돌아왔다.

그건 바로 당자윤과 관련된 것이었다.

"방금 들어온 정보인데 어제 당자윤이 일어났다네요."

"……그래?"

천무진의 미간이 꿈틀거렸다.

무림맹주나 총군사에게는 말하지 않았지만 천무진과 백아린은 그에 대해 또 다른 뭔가를 의심하고 있었다.

그들에게 있어 당자윤이 동료들을 버리고 도망친 건 기

정사실이나 다름없다. 허나 거기서 끝이 아니라는 것이 문제다.

사라진 당자윤, 그리고 얼마 지나지 않아 별동대가 숨어 있던 곳에 적들이 들이닥쳤다.

단순히 운이 좋아 그런 위험한 순간을 벗어날 수 있었던 걸까?

아니면…… 그저 도망친 걸 넘어 동료들을 적에게 팔아넘긴 건 아닐까?

만약 그렇다면 지금 살아 있는 당자윤의 모습 또한 의심스럽다.

그 부분에 대해 알아야 했기에 천무진은 당자윤이 일어났다는 소식을 기다리고 있었다.

천무진이 입을 열었다.

"슬슬 약속을 잡아야겠군."

안 그래도 회의장에서 나온 직후 당소련이 개인적으로 사천당문에 초대하고 싶다는 뜻을 내비치지 않았던가.

여유 시간이 있음에도 불구하고 지금까지 약속을 잡지 않은 건 바로 그곳에 간 김에 당자윤을 만나고자 하던 계획이 있어서다.

사전에 백아린과 충분히 이야기가 되어 있었기에 그녀 또한 단번에 속내를 파악해서 말했다.

"그럼 연락 넣어 둘게요. 당자윤을 함께 보고 싶다는 뜻도 전달하고 이왕이면…… 누구를 만나는지 밝히지 않는 게 좋겠죠?"

혹여라도 천룡성의 무인을 만난다는 사실을 알게 되면 뭔가 또 다른 수를 쓸 수도 있는 노릇이다.

그랬기에 아예 그럴 틈도 주지 않기 위해 그날의 약속은 비밀리에 진행하는 쪽이 좋았다.

천무진이 고개를 끄덕이며 답했다.

"당소련에게 그렇게 부탁했으면 해. 우리와 만나는 걸 그가 절대로 알지 못하게 해 달라고."

"그럼 그렇게 하죠. 아마 곧바로 연락이 들어갈 테니 이틀 이내에 약속이 잡힐 거예요."

"가능하면 빠를수록 좋아."

"그렇게 전할게요."

상대에게 시간을 줄수록 좋지 않을 걸 알기에 백아린 또한 이 일을 최대한 빠르게 진행할 생각이었다.

물론 이 같은 부탁에 당소련은 의아하겠지만…….

그건 추후에 설명해야 할 일이다.

아직까지는 모든 것이 의심일 뿐, 명확한 건 없었으니까.

말을 마친 백아린은 곧장 바깥으로 나갔다.

수십여 일을 바삐 움직였던 여정으로 인해 다른 이들은

휴식을 가지고 있었지만, 유달리 그녀만큼은 그 이후에도 쉴 틈 없이 움직이고 있었다.

그런 점이 고마웠고 한편으로는 미안하기도 했다.

천무진은 창문을 통해 멀어지는 백아린의 뒷모습을 물끄러미 바라봤다.

커다란 대검을 휘두르긴 하지만 그녀의 뒷모습은 한없이 여리여리하기만 하다.

허나 이제는 안다.

저 여인이 가지고 있는 그 수많은 능력들을.

뛰어난 머리와 성실함, 그리고 상상을 훨씬 뛰어넘는 강맹한 무공까지.

그랬기에 감탄과 동시에 의문이 든다.

'왜…… 내 과거의 삶에는 백아린이란 이름이 없지?'

저 정도의 실력자라면 무림에서 이름을 날리지 못할 이유가 없었다.

물론 저번 삶에서의 천무진은 완벽하게 조종을 당했다.

몸과 마음을 조종당했고, 생각 또한 자유롭게 할 수 없었다.

그 때문에 아무리 이름난 고수라 할지라도 모르는 경우 역시 분명 존재했다.

허나 백아린은 적화신루의 인물이다.

그리고 당시 자신을 조종했던 그 목소리의 주인공인 그녀는 적화신루를 없애려고 했었다.

당시 전해 들었던 적화신루에 대한 기억들.

허나 분명한 건 그 안에 백아린이라는 이름은 없었다는 거다.

저런 여인이라면 분명 요주의 대상이었을 터인데도 말이다.

대체 그 이유가 뭘까?

백아린이 적화신루를 떠났던 걸까? 아니면…… 혹시 그전에 죽었을까?

많은 생각들이 들었지만, 지금으로선 그것에 대한 답을 알 방도가 없다.

사실 천무진은 최근 이런저런 것들로 생각이 많았다.

저번 삶의 기억을 최대한 끄집어냈고, 또 그것들을 가지고 고민했다.

기억나지 않는 많은 것들을 생각해 내려 애쓴 덕분에 자잘한 몇 가지 일들도 덩달아 떠오르긴 했지만 그뿐이었다.

개중에 그리 중요한 건 없어 보였다.

'양휴도 어떻게 처리를 하긴 해야 할 텐데…….'

단엽이 잡아 왔던 그는 아직도 이곳 천룡성 비밀 거점에 있는 창고에 갇혀 있다.

전생에서 정체 모를 그녀의 첫 부탁으로 죽였던 대상.

아직까지도 그를 어떻게 해야 할지 답을 내리지 못해 어쩔 수 없이 잡아 두고 있는 상황이다.

물론 잡혀 있는 장본인이야 당연히 불만이 많겠지만 그는 아마 모를 것이다.

어쩌면 지금 이곳이 그에겐 가장 안전한 곳일 수도 있다는 사실을.

문득 생각이 거기에 미치자 천무진은 자리에서 벌떡 일어났다.

새로 알게 된 몇 가지 사실들.

혹시 양휴가 그중에 알고 있는 뭔가가 있을지도 모른다 생각해서다.

천무진이 바깥으로 나오자 막 식사 준비를 끝낸 남윤이 다가왔다.

"작은 주인님 어딜 그리 급히 가십니까?"

"저기 창고에 있는 놈 좀 잠시 보려고."

"식사는 어쩌시고요."

"백 총관이 잠시 외출했는데 돌아오면 같이 먹을게. 그때 맞춰서 준비해 줘."

"예, 그리하지요."

알겠다는 듯 남윤이 다시금 주방으로 몸을 돌렸고, 천무진은 곧바로 창고로 다가갔다.

창고는 꽤나 두꺼운 돌벽으로 되어 있었고, 바깥에서 안을 확인할 수 있는 창문 하나조차 존재하지 않았다.

거기다가 입구는 쇠로 된 걸쇠가 달려 있어 보통 사람이 빠져나오는 건 불가능해 보였다.

그런데 창고로 다가간 천무진의 귓가로 이상한 소리가 들렸다.

사각사각.

아주 자그마한 소리였지만 천무진의 귀를 속일 순 없었다.

덜컹.

걸쇠를 여는 순간 그 사각거리는 소리가 거짓말처럼 사라졌다. 이윽고 천무진이 창고의 문을 열고 안으로 들어섰다.

빛 한 점 들지 못하도록 사방이 꽉꽉 막혀 있는 장소였지만 몇 개의 등이 있어서인지 내부는 환했다.

그리고 그 창고 구석에는 어색한 표정으로 앉아 있는 양휴가 있었다.

천무진이 그를 향해 손을 들어 올렸다.

"오랜만이네."

반갑다는 듯한 인사. 그렇지만 막상 그 인사를 받는 양휴는 떨떠름했다.

지금 눈앞에 있는 이 사내가 자신이 이곳에 갇혀 있는 원흉이라는 걸 잘 알기 때문이다.

다행히 죽으려는 기색은 보이지 않았지만 양휴로서는 언제까지 이곳에 갇혀 있을지 몰라 그저 답답하기만 했다.

그가 조심스레 입을 열었다.

"어, 언제까지 여기 가둬 둘 생각이오?"

"그건 아직 모르겠고. 그래도 살이 통통하게 오른 걸 보니 먹고 살 만한가 봐?"

"그, 그야……."

사람이란 게 참 무섭다.

처음엔 이런 곳에 갇혀 있다는 사실이 죽을 만큼 싫었는데, 시간이 흐르자 이 생활에도 어느 정도 적응이 된 게 사실이다.

거기다가 매일 가져다주는 남윤의 음식은 무척이나 맛이 좋았다.

그렇게 하루 종일 먹고 자기만 반복하다 보니 조금씩 살이 오르는 건 당연했다.

그리고 이런 감옥 같은 생활이 점점 익숙해지는 양휴였다.

사실 양휴 정도의 실력이라면 이런 창고를 부수고 나가는 건 일도 아니었다.

허나 계속해서 주기적으로 점혈 상태를 확인하며 내공을 쓰지 못하게 해 버리니, 지금의 그는 일반인이나 다름없었다.

덕분에 그는 이곳 창고에서 몇 달을 꼼짝없이 갇혀 있어야 했다.

궁금한 것이 있어 이곳에 찾아왔던 천무진이었기에 그는 빠르게 물었다.

"혹시 너 흑마신과 뭐 관련 있냐?"

"그런 거물을 내가 알 리가 없잖소."

급이 다를 뿐더러, 무림맹에까지 들어왔었던 정파 무림의 인물인 그와 사파의 인물인 흑마신은 거리가 있어 보이는 게 사실이었다.

천무진 또한 금방 수긍했는지 곧바로 다른 질문을 던졌다.

"그럼 적면신의는?"

"전혀 모르는 사이요."

"흐음, 그러면 혹시 자모충은 알아?"

"그게 뭐요?"

오히려 그게 뭐냐고 물어 오는 양휴의 눈을 지그시 응시하던 천무진은 짧게 한숨을 내쉬었다.

"······됐다."

큰 기대를 한 건 아니었지만 정말 아무런 것도 모르는 듯한 표정을 보니 기운이 쑥 빠졌다.

할 이야기는 끝이 난 듯 보이던 천무진이 갑자기 앉아 있는 양휴를 향해 다가갔다.

상대가 순간적으로 거리를 좁혀 오자 양휴가 움찔하는 그때였다.

지척에 도착한 천무진이 발로 그의 허벅지를 툭툭 쳤다.

그런 천무진의 행동에 양휴가 고개를 들어 상대를 올려다보며 더듬거렸다.

"왜, 왜 그러시오?"

"일어나 봐."

천무진의 말에도 양휴는 눈치만 살필 뿐 쉽사리 움직이지 않았다.

천무진이 재차 말했다.

"뭐해. 일어나 보라니까."

다시금 재촉을 하자 결국 양휴는 울상을 지은 채로 몸을 일으켜 세웠다.

그리고 그가 일어난 엉덩이 아래쪽에서 뭔가가 모습을 드러냈다.

그것의 정체는 다름 아닌 장롱이나, 미닫이문에 사용되는 쇠로 된 경첩의 일부였다.

그리고 천무진은 일어난 양휴의 뒤편에 있는 벽의 일부가 파여져 있다는 사실을 눈으로 확인할 수 있었다.

그제야 천무진은 이곳에 들어오기 직전 들었던 사각거리는 소리의 정체를 확신할 수 있었다.

이 창고에서 빠져나가겠다고 저 자그마한 경첩으로 열심히 벽을 긁어 댔던 모양이다.

몸을 굽혀 경첩을 확인하던 천무진이 이내 그걸 양휴를 향해 툭 던졌다.

그러고는 아무렇지 않게 말했다.

"뭐, 열심히 파 봐."

생각지도 못한 말과 행동에 양휴는 당황할 수밖에 없었다.

도망치려 했다는 사실이 들통났으니 뭔가 압력을 행사하거나, 아니면 최소한 이 쇠로 된 경첩을 뺏어 가기라도 할 거라 여겼다.

그런데 오히려 열심히 해 보라며 경첩의 쇳조각을 던져주니 기가 막힐 수밖에.

당황한 그가 엉거주춤 경첩을 든 채로 되물었다.

"왜 돌려주는 거요?"

질문을 던지는 양휴를 향해 천무진이 피식 웃으며 말했다.

"열심히 파서 창고를 빠져나와도 어차피 장원 바깥으론 도망 못 치거든. 뭐 그래도 시간 보내기에는 좋을 수도 있을 것 같아서. 취미가 있으면 좋잖아?"

말을 끝내고 어깨를 으쓱한 천무진은 곧바로 창고를 나가 버렸다.

그리고 열렸던 창고의 문이 다시금 닫힘과 동시에 바깥에서 걸쇠를 거는 소리가 들려왔다. 그렇게 한참을 멍하니 서 있던 양휴는 이내 자신의 손에 들린 경첩과 며칠 동안 힘겹게 파고 있던 벽 아래쪽을 번갈아 바라봤다.

그러고는 이내…….

"에잇! 젠장! 괜한 헛수고나 했네."

탕!

경첩을 냅다 집어던진 양휴는 그대로 바닥에 벌렁 드러누웠다.

천무진이 양휴가 갇혀 있는 창고에 다녀간 지 약 두 시진 정도가 흘렀을 무렵이다.

사천당문의 당소련과 약속을 잡기 위해 나갔던 백아린이 돌아왔다.

거처에 도착한 그녀는 곧바로 천무진의 방으로 향했다.

입구 앞에서 백아린이 문을 두드렸다.

"들어가도 되죠?"

"물론이지."

천무진의 승낙이 떨어지자 그녀는 문을 열고 안으로 들어섰다.

백아린의 등장에 천무진이 곧바로 물었다.

"약속은 잡혔어?"

"네, 다행히도 곧바로 연락이 오더라고요. 바로 일정 확정 짓고 왔어요. 당자윤도 합석하게 해 주기로 했고, 저희의 부탁대로 우선 이 사실을 당사자에겐 알리지 않겠다는 약조도 받았고요."

천무진이 고개를 끄덕이며 말을 받았다.

"일정은 어떻게 하기로 했어?"

가능하면 빠른 시일 안에 만나기를 원했던 천무진이다. 그리고 그 사실을 잘 아는 백아린이 직접 나섰던 일이니…….

그녀가 답했다.

"내일 저녁이요."

"내일이라……."

생각보다 빠른 일정이 마음에 들었는지 천무진은 작게 고개를 끄덕였다.

언제나 깔끔한 일 처리를 자랑하는 백아린답게, 이번 일

또한 천무진의 마음에 딱 들 정도로 잘 마무리 지은 상황이
었다.

　사실 이 모든 일들을 자신 혼자 감당해야 했다면 얼마나
힘들었을지 감도 오지 않았다.

　거기다 이처럼 모든 일에 최상의 결과를 끌어내는 건 불
가능했을 것이다.

　그런 부분에서 백아린은 천무진에게 천군만마와 다르지
않았다.

　그래서일까?

　지그시 백아린을 바라보던 천무진이 말했다.

　"고생했어."

　그의 진심 어린 고생했다는 말에 백아린이 웃으며 답했
다.

　"뭘요."

＊　　　＊　　　＊

　당자윤은 자신의 앞에 놓인 상차림을 보며 슬쩍 미간을
찡그렸다.

　환자 시늉을 하고 있는 탓에 매끼 죽을 먹어야만 했는데,
그게 오늘로 벌써 삼 일째다.

아픈 사람인 척해야 하는 상황인지라 바깥으로 나가지도 못하고 삼 일 내내 이 맛없는 죽으로 식사를 대신해야만 하는 그였다.

그릇 안에 든 묽은 죽을 수저로 떴다, 쏟아 내기를 반복하는 그를 보며 옆에 있던 의원 당사옹이 입을 열었다.

"왜? 입맛이 없느냐?"

"먹을 게 있어야 입맛도 있고 없고 이야기하는 거 아닙니까?"

죽을 먹고 싶지 않았는지 두어 수저 뜨던 당자윤은 결국 손을 내려놨다. 그가 소매로 입가를 닦아 내며 말했다.

"며칠이나 더 이러고 있어야 됩니까?"

"한 사나흘 정도는 더 고생해야 할 게야."

사전에 모종의 세력과 모든 말을 맞춰 둔 당사옹이다.

자신은 그것에 맞춰 움직이기만 하면 되고, 당자윤 또한 거기에 따라 주면 그만이다.

삼 일을 누워만 있어야 했던 당자윤은 무척이나 따분했다.

그랬기에 지겹다는 듯 시큰둥한 표정을 짓고 있었는데…….

"사숙 안에 계십니까."

들려오는 여인의 목소리, 그리고 그건 바로 당소련의 것이었다.

목소리의 주인을 알아차린 당자윤은 화들짝 놀라 자세를 바로 했고, 당사옹 또한 서둘러 주변을 둘러보며 문제가 없는지를 확인했다.

그러고는 이내 당사옹이 입을 열었다.

"예. 안에 있으니 들어오시지요."

허락이 떨어지자 의방의 문을 열고 당소련이 들어섰다.

들어선 그녀를 당사옹이 웃는 얼굴로 맞았다.

"오랜만에 뵙는군요."

"사숙, 말 편히 하세요."

"그럴 순 없지요. 지금 사천당가의 가주 대행을 맡고 계신 분이신데요."

현재 실질적으로 사천당문을 이끌고 있는 건 당소련이다. 그러다 보니 윗 배분의 인물들도 어느 정도 예를 갖추고 있는 추세였고, 당사옹 또한 마찬가지였다.

나이는 그가 훨씬 많았지만, 가문 내에서의 위치를 생각하면 당소련이 윗사람인 셈이다.

워낙 활동하는 분야도 다르고, 특별히 가까운 사이도 아니었기에 두 사람이 실제로 만나는 건 꽤나 오랜만이었다.

당사옹이 물었다.

"그런데 어쩐 일로 이곳에 직접 발걸음을 하셨는지요?"

"아, 잠시 자윤이와 할 이야기가 있어서요."

"그렇습니까?"

당사옹이 힐끔 당자윤을 바라봤다.

별다른 말은 하지 않았지만 조심하라는 경고가 담긴 시선을 보낸 그가 이내 웃는 얼굴로 말을 이었다.

"전 그럼 잠시 나가 있을 터이니, 편히 대화하다가 가시지요."

"고마워요, 사숙."

"뭘요. 그럼 전 돌봐야 할 다른 환자들이나 보고 오겠습니다."

말과 함께 당사옹이 문을 닫고 바깥으로 나갔다.

그러자 당소련이 침상의 옆으로 다가갔다.

방금 전까지만 해도 얼굴에 불만을 가득 담고 있던 당자윤이었지만, 지금은 언제 그랬냐는 듯 힘없는 미소를 머금은 채로 자리하고 있었다.

그가 힘겨운 척 연기를 하며 말을 내뱉었다.

"가주 대행을 뵙습니다."

자리에서 일어나려는 그를 당소련이 황급히 손을 들어 제지했다.

"괜찮으니 그냥 누워 있으렴."

"하지만 그건 예의가……."

"예의보다는 네 몸이 먼저지. 이건 명령이니 꼭 따르도록 해."

웃으며 하는 당소련의 말에 당자윤은 못 이기는 척 다시금 침상에 몸을 눕히며 고개를 끄덕였다.

침상 옆에 있는 의자에 앉으며 그녀가 말했다.

"일어났다는 말은 진작 들었지만 좀 쉬고 난 이후에 찾아오는 게 나을 것 같아서 오늘 발걸음 했단다. 양해 좀 해 주렴."

"이렇게 찾아 주신 것만 해도 어딘데요. 충분히 감사합니다."

괜찮다며 손사래 치는 그를 향해 당소련이 물었다.

"몸은 좀 어떠니?"

"많이 좋아졌습니다."

"안색이 여전히 안 좋은데…….""

걱정스레 말하는 당소련의 말에 당자윤이 아니라는 듯 고개를 저었다.

"겨우 이 정도로 어찌 죽는소리를 할 수 있겠습니까. 그곳에서 죽은 다른 동료들을 생각하면…… 이 정도 부상은 아무것도 아닙니다. 차라리 제가 죽고 동료들이 살았어야 했는데…….""

말을 하는 와중에 당자윤은 감정이 복받친다는 듯 손으

로 얼굴을 감쌌다.

그런 당자윤의 연기에 당소련이 안타깝다는 듯 그의 등을 다독였다.

눈물까지 뚝뚝 떨어트리는 당자윤의 모습에선 정말로 죽은 동료들에 대한 슬픔이 묻어 나는 듯했다.

당소련이 토닥이며 말했다.

"진정하거라. 이미 벌어진 일이다. 후회를 하기보다는 어떻게든 이번 일의 배후를 밝혀내는 것이 동료들을 위한 일일 것이다. 내 힘닿는 데까지 노력할 테니 너무 죄책감에 시달리지 말거라. 알겠지?"

"예, 대행."

힘겹게 눈물을 닦아 내는 당자윤의 모습을 마음 아프다는 듯 가만히 바라보던 그녀가 이내 퍼뜩 생각이 난 것처럼 말했다.

"아 참, 오늘 저녁에 잠시 시간을 좀 내줬으면 하는구나."

갑작스러운 제안에 당자윤은 멈칫했다.

그가 물었다.

"시간 말입니까? 무슨 하실 말씀이시라도……."

물어 오는 당자윤의 질문.

당소련이 방금과 같은 말을 한 이유는 천무진의 부탁으

로 오늘 있을 자리에 당자윤을 불러야 했기 때문이다.

그러니 분명 확실한 목적이 있었지만……

당소련은 목구멍까지 치미는 말을 억지로 눌렀다.

약속을 했고, 당소련은 그걸 지킬 생각이었으니까.

그녀가 웃는 얼굴로 말을 받았다.

"특별한 이유가 있어서는 아니고, 이런저런 이야기들을 좀 나누고 싶어서 그렇단다. 거기다 기력도 많이 상한 것 같은데 특별히 좋은 것도 좀 먹이고 싶고."

말을 내뱉는 당소련의 모습을 살피던 당자윤은 짐작했다.

'하고 싶은 말이라면 아마도 그 일이겠지?'

생존자가 돌아왔다는 사실을 알고 있는 당자윤이다. 당연히 자신에 대한 이야기가 나왔을 터.

동료들을 버리고 도망친 것 같다는 말이 언젠가는 흘러나올 거라는 걸 알고 있었다.

그리고 그에 맞는 방비 또한 이미 해 둔 상태.

그랬기에 오히려 당자윤은 이걸 기회로 여겼다.

'해명을 할 때, 내 편이 되어 줄 이가 있다면 더욱 쉽겠지.'

애초부터 그 일에 대한 뒷이야기가 나오면 사천당문 내의 높은 이에게 먼저 조작된 증거를 제시할 생각이었다.

그리고 당소련은 그 모든 것에 가장 적합한 인물이었다.

지금 당장 사천당문 내에서 가장 큰 힘을 가지고 있었으니까.

당자윤 또한 기다리고 있었던 일이었기에 쉽사리 고개를 끄덕였다.

"알겠습니다. 그리하지요. 그럼 언제쯤 찾아뵈면 될까요?"

"저녁 식사를 하기 좋게 술시(戌時)에 보자꾸나. 그럼 좀 쉬어야 할 테니 난 이만 물러가마."

말을 마친 당소련이 자리에서 일어났다.

그리고 그런 그녀를 향해 당자윤이 공손히 답했다.

"예, 대행."

포권을 취하며 슬쩍 숙인 고개.

당자윤의 눈동자가 빛나고 있었다.

마치 이 기회를 절대 놓치지 않겠다는 듯이 말이다.

*　　　*　　　*

술시가 되어 갈 무렵 당자윤은 약속된 장소를 향해 걸어가고 있었다.

며칠 만에 의방을 벗어난 덕분인지 당자윤의 표정은 한결 가벼워 보였다.

약 냄새만 진동하던 의방은 그에게 그리 맞지 않는 곳이었기 때문이다.

아픈 척 연기를 해야 했기에 어쩔 수 없이 자리했던 곳.

'그나저나 왜 여기지?'

지금 당자윤이 도착한 이곳은 은경관이라는 곳이었다. 사천당문 내 외곽 부분에 위치한 곳으로 손님들이 기거하는 장소기도 했다.

최근 내전으로 인해 손님들을 받는 장소를 제한시켰고, 그로 인해 이곳 은경관은 텅텅 비어 있었다.

장소적으론 크게 문제가 없었지만, 당연히 당소련의 장원에서 만날 거라 여겼다.

그런데 그녀가 보내온 사람을 통해 들은 목적지는 바로 이곳 은경관이었다.

그 부분이 다소 이상하긴 했지만 큰 문제가 있는 건 아니었기에 그는 별다른 의심 없이 이곳으로 향했다.

그렇게 은경관 내부로 들어선 당자윤이 유일하게 불이 켜져 있는 방 안으로 들어서며 포권을 취했다.

"많이 기다리셨……."

공손하게 말을 내뱉던 당자윤의 목소리가 점점 잦아들었다.

동시에 그의 웃는 얼굴이 순식간에 싸늘하게 변했다. 그리 보고 싶지 않은 얼굴이 눈앞에 있었으니까.

천무진과 백아린, 두 사람이 이곳에 있었다.

왜 이들이 이곳에 있는지는 모르겠지만, 그 둘은 자리에 앉은 채로 인사를 건네고 있는 자신을 물끄러미 바라보고 있었다.

당자윤이 빠르게 방 안을 살폈다.

방 내부가 그리 크지 않았기에 확인하는 건 순식간이었다.

이 안에 당소련이 없다는 사실을 확인하는 순간 그가 돌변했다.

"뭐야. 네놈이 왜 여기 있어?"

"오랜만에 뵙습니다, 당 소협."

천무진이 예의를 갖춘 목소리로 답했다.

허나 그런 그에게 당자윤은 짜증 가득한 목소리로 말을 받았다.

"물었잖아. 왜 네가 여기에 있느냐고."

"사천당문에 잠시 일이 있어서 찾아뵈었습니다."

"네깟 놈이 우리 가문에 용무가 있다고?"

비웃는 것이 명백한 목소리.

천무진이 어깨를 으쓱하며 답했다.

"뭐 어쩌다 보니 그렇게 됐습니다."

잠시 불쾌한 표정으로 천무진을 바라보던 당자윤은 이윽고 빈 의자를 끄집어내서 앉으며 다시 입을 열었다.

"백 소저도 왔구려."

아는 척을 했음에도 불구하고 백아린에게서 별반 대꾸가 없자 당자윤의 시선은 자연스레 다시금 천무진에게로 향했다.

그가 비웃음 가득한 목소리로 말했다.

"큭큭, 하여튼 운도 참 좋은 놈이군."

천무진이 자신을 가리키며 되물었다.

"저 말입니까?"

"그래, 너. 청아원 이후에 따로 움직인 덕분에 이렇게 살아 있잖아. 만약 그 자리에 있었다면 무진 네놈은 분명 죽었을 텐데 말이야."

"그랬을까요?"

"당연하지. 네깟 놈이 살 수 있었을 리가 없잖아."

무시하는 투로 답한 당자윤이 이내 천천히 말을 이었다.

"아깝게 됐어. 네놈도 그 자리에서 죽었어야 했는데 말이야."

"이봐요, 말 좀 가려 하시죠."

가만히 듣고만 있던 백아린이 더는 못 참겠다는 듯 싸늘한 목소리로 말했다.

허나 당자윤은 어쩔 거냐는 듯 자신만만한 얼굴로 킥킥 웃어 댔다.

아무도 없는 이곳에서 자신이 막말을 한다 한들 그 누가 뭐라 하겠는가. 하물며 그 상대가 보잘것없는 자들이니 더더욱 문제 될 것이 없었다.

그가 웃음을 흘리고 있는 그때 뒤편에서 누군가의 인기척이 들려왔다.

그 소리를 확인한 당자윤은 곧바로 자리에서 일어나 몸을 돌렸다.

예상대로 뒤편에서는 당소련이 모습을 드러내고 있었다.

"대행, 여기에 다른 사람들이 있는데 자리를 옮기셔야……."

그녀를 발견한 당자윤이 웃는 얼굴로 입을 열 때였다. 그의 말은 들은 척도 안 하고 당소련이 천무진을 향해 포권을 취해 보였다.

당자윤은 자신의 뒤편을 향해 예를 갖추는 당소련의 모습에 순간 멍한 표정을 지어 보였다.

지금 이 상황이 어떻게 흘러가고 있는 건지 이해가 가지 않았던 것이다.

그리고 그 순간 당소련이 입을 열었다.

"천룡성의 무인을 뵙습니다."

천룡성이라는 이름이 나오는 순간 당자윤은 너무 놀라 두 눈이 튀어나올 뻔했다.

천룡성이라니?

대체 누가!

당자윤이 당황한 얼굴로 뒤를 돌아볼 때였다.

자리에 앉아 있던 천무진이 자신을 뚫어져라 바라보고 있었다.

천룡성의 무인이 회의장에 나타났다는 사실은 이미 주란을 통해 전해 들었기에 잘 알고 있었다.

허나 이건 계산 밖의 일이었다.

손가락 끝이 덜덜 떨려 왔다.

말로만 듣던 전설의 문파인 천룡성의 무인이…….

'……저놈이었다고?'

당자윤이 믿을 수 없다는 듯한 얼굴로 굳은 채 서 있는 그때였다.

천무진이 입을 열었다.

"어이, 당자윤."

방금 전까지만 해도 예의를 갖춰 존댓말을 내뱉던 천무진의 말투가 돌변해 있었다.

여태까지는 당자윤의 모든 행동에 그저 당해 주기만 했던 천무진이다.

하지만…… 이제는 아니다.

더는 그래야 할 이유가 사라졌으니까.

마침내 홍천관 무인 중 한 명인 무진이 아닌 천무진이라는 진짜 모습으로 당자윤의 앞에 선 것이다.

천천히 의자에서 몸을 일으켜 세운 천무진이 피식 비웃음을 흘렸다.

그러고는 아무렇지 않게 방금 전에 당자윤이 한 말을 고스란히 되물었다.

"내가 어떻게 됐으면 좋겠다고?"

웃고 있는 얼굴.

허나 그 얼굴을 마주하고 있는 당자윤은 바짝 긴장한 채로 마른 침을 꿀꺽 삼킬 수밖에 없었다.

표정과 말투에 담긴 날카로운 가시들.

그 가시들이 비수가 되어 당자윤을 쿡쿡 찌르고 있었으니까.

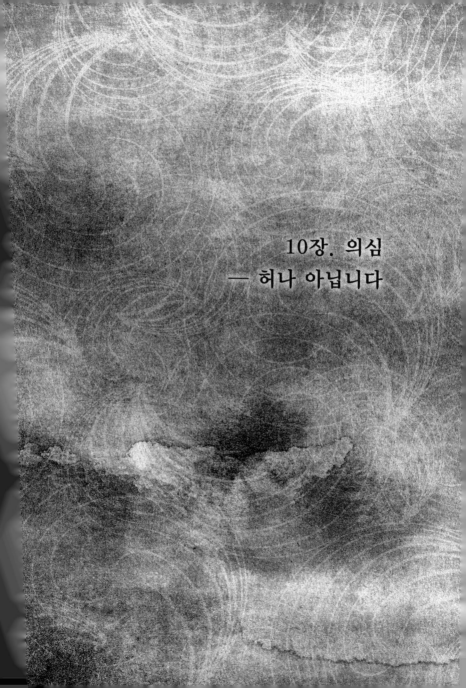

10장. 의심
— 허나 아닙니다

당자윤은 꿀 먹은 벙어리가 될 수밖에 없었다.

천룡성 무인에 대한 소문이 조금씩 퍼지고 있었지만, 상황상 당자윤은 그 정보를 접할 수 없었다.

의방에서 환자 시늉을 하느라 외부에 나가지 못했던 탓이다.

그로 인해 천룡성 무인의 정체가 천무진이라는 사실을 접할 모든 기회를 잃었고, 지금 이렇게 말도 안 되는 도발로 상황을 더욱 최악으로 만들어 버렸다.

가뜩이나 좋지 못했던 사이, 그걸 만회하기는커녕 더욱 상대를 조롱해 댔으니 이제 와서 그 어떤 말을 한들 틀어진 관계를 회복하는 건 불가능해 보였다.

뭔가 둘러대고 싶었지만 당자윤은 아무런 말도 꺼낼 수가 없었다.

처음 만났던 날부터 지금까지.

단 하나도 좋은 기억이 없거늘, 그가 자신을 어찌 생각할지 너무도 뻔했다.

'젠장, 어쩐지 처음 만난 날부터 이상하게 눈이 간다 했더니…….'

무림맹 내에서의 첫 만남, 뭔가 범상치 않다 느꼈지만 이내 홍천관 소속이라는 걸 알고 관심을 끊었다. 그런 곳에 자신이 신경 쓸 만한 자가 있을 리 없다는 확신이 있었으니까.

그런데 그 상대가 천룡성의 무인이란다.

자신이 그렇게 업신여기고 조롱해 대던 상대가 바로 전설의 무인이었던 것이다.

아무런 말도 꺼내지 못하며 머뭇거리는 그때 방금 막 모습을 드러낸 당소련이 의아한 표정으로 입을 열었다.

"그게 무슨 말씀이에요?"

"……별거 아닙니다."

천무진은 당자윤에게 향했던 시선을 당소련에게로 돌리며 대꾸했다. 오늘 이 자리에 굳이 당자윤을 참석시킨 건, 여태 당했던 걸 되돌려 주기 위함이 아니었다.

그를 싫어하는 건 사실이었지만 굳이 그런 이유로 이렇게 발걸음을 할 정도로 천무진은 한가하지 않았다.

사실 당자윤은 애초에 관심 밖의 대상이었다.

그럼에도 불구하고 그를 이 자리에 참석시킨 이유는 오직 하나.

어떻게 살아서 이곳에 나타났는가에 대해 듣기 위함이다.

살기 위해 별동대를 버리고 사라진 걸로 파악되는 당자윤, 그리고 그가 없어지고 얼마 되지 않아 나타난 적의 등장까지.

확신할 순 없지만 묘하게 맞아떨어지는 이 모든 상황들을 그냥 넘길 순 없었다.

최소한 당자윤의 입으로 직접 그날의 일에 대해 전해 들을 것이고, 혹여라도 뭔가 의심스러운 부분이 있다면 그걸 놓치지 않을 생각이었다.

본격적으로 그에게 이것저것을 캐묻기에 앞서 천무진은 먼저 오늘 이 자리를 만들어 준 당소련에게 인사를 건넸다.

"초대해 주셔서 감사합니다."

"천만에요. 그때 대접하고 싶었던 걸 이제야 해 드리게 된 것뿐인 걸요. 사실 이런 조용한 자리보다는 조금 더 많은 분들께 저희 사천당문이 두 분께 입은 은혜에 대해 알리고, 그것에 대해 감사를 표하고 싶었는데 아쉽네요."

사실 당소련이 원한 건 이런 조용한 만남이 아니었다. 성대한 잔치라도 벌이며 두 사람에 대한 감사를 표하고자 했다.

솔직히 말해 이번 만남을 주선한 건 순수한 의도만 있어서는 아니었다.

은혜도 갚으면서 동시에 사천당문의 건재함을 주변에 알리려던 목적 또한 분명 있었지만…… 천무진의 정중한 요청에 그녀는 그런 사사로운 욕심은 바로 버렸다.

사천당문의 가주 대행으로 활동하며 가문의 이득을 위한 욕심이 나는 건 당연한 것이었지만, 그녀는 은혜를 모르는 사람이 아니었다.

실제로 천무진과 백아린에게 많은 도움을 받았고, 그 부분에 있어 진심으로 고마웠다. 그리고 기회가 된다면 그 은혜를 반드시 갚고 싶은 당소련이었다.

그랬기에 은밀히 만나자는 천무진의 부탁에 아쉬웠던 건 사실이었지만, 그럼에도 불구하고 티 하나 내지 않고 이렇게 그가 원하는 대로 자리를 마련한 것이다.

"괜찮습니다. 시끄러운 환대는 그리 좋아하지 않아서요."

"저도 이 정도 자리면 충분해요."

천무진의 말에 백아린 또한 동조하며 나섰다.

세 사람이 주고받는 대화를 조용히 듣고만 있던 당자윤은 천무진과 백아린이 뭔가 사천당문과 연관이 있다는 사실을 눈치챘다.

그가 말없이 눈만 데굴데굴 굴리고 있을 때였다.

지금 당자윤의 상황을 알 수 없는 당소련으로서는 평소와 다른 그의 모습에 의아함을 느낄 수밖에 없었다.

그랬기에 조금이라도 더 편히 대화에 끼어들 수 있도록 당소련이 슬쩍 이야기를 꺼냈다.

"아, 너는 모르겠구나. 일전에 가문 내 소란이 있었을 때, 날 구해 주셨던 것이 이 두 분이란다."

대답을 할 수밖에 없는 상황이었기에 당자윤은 천무진과 백아린의 눈치를 살피며 힘겹게 입을 열었다.

"……그랬군요. 정말 감사합니다."

"아 참, 그러고 보니 두 분은 이미 자윤이와 아는 사이시겠네요. 같이 별동대로 임무에 나가셨으니까요."

보다 자연스러운 분위기를 만들기 위해 꺼낸 이야기였지만, 막상 당사자인 당자윤은 당소련의 말에 움찔할 수밖에 없었다.

괜한 벌집을 들쑤시는 듯한 그런 느낌. 그랬기에 당자윤은 더욱 긴장한 얼굴로 천무진을 조심스레 살폈다.

천무진이 이내 말했다.

"그럼요. 뭐 정확히 말하자면…… 그 전부터 조금 알고 있었죠."

말을 던지며 시선을 마주하자 당자윤이 움찔하며 어색한 웃음을 지어 보였다.

"아, 그래요? 허기야 무림맹에 계셨다고 하셨으니 자윤이와 안면이 있으셨을 수도 있겠군요. 그럼 우선 다들 모였으니 식사부터 할까요?"

"그러죠."

천무진의 대답에 그녀가 슬쩍 바깥에 신호를 보냈다. 그러자 기다렸다는 듯 그들이 있는 방으로 세 명의 시녀들이 빠르게 음식들을 나르기 시작했다.

백아린이 식탁을 가득 채운 음식들을 보며 놀란 듯 말했다.

"이런. 간단하게 해 주셔도 된다고 말씀드렸는데 엄청 준비하셨네요."

"이 정도 가지고 뭘요."

아무렇지 않게 웃어 보인 당소련이 어서 먹으라는 듯 가볍게 손으로 음식들을 가리켰다.

백아린이 젓가락을 든 채로 짧게 인사를 건넸다.

"그럼 잘 먹을게요."

하루 종일 바쁘게 움직였던 탓에 한 끼도 제대로 된 식사를 하지 못했던 그녀다.

백아린이 식사를 시작했고, 마찬가지로 천무진 또한 젓가락을 들고 음식을 집어 들었다.

그렇게 세 사람이 식사를 시작했을 때, 당자윤은 수저를 쥔 채로 앞에 놓여 있는 죽 그릇을 가볍게 들쑤시고 있었다.

환자 흉내를 내고 있는 탓에 그에게는 죽이 전달되었는데, 사실 지금 같은 상황에 이런 것이 목구멍에 넘어갈 리가 없었다.

당자윤은 그저 아무런 일도 없이 빨리 이 자리가 끝나기를 간절히 빌 뿐이었다.

앞에 놓여 있던 음식을 먹던 당소련의 시선이 천천히 백아린에게 틀어박혔다.

그녀가 겉으로 보기와는 다르게 꽤나 먹성 좋은 모습을 보여 주고 있었던 탓이다.

당소련이 놀란 듯 말했다.

"백 총관님이 생각보다 너무 잘 드시네요. 겉보기엔 밥 한 그릇도 제대로 안 드실 것 같은데……."

당소련의 말에 백아린을 잘 아는 천무진이 자신도 모르게 피식 웃으며 대꾸했다.

"완전 잘못 짚으셨군요. 겉보기만으로 판단해선 절대 안 될 여잡니다. 기본 두 그릇은 먹더군요."

굳이 먹는 것만 이야기하는 건 아니었다.

정말로 겉보기와는 참으로 다른 여인이었으니까.

말도 안 될 정도로 커다란 대검을 휘두르는 모습이 흡사 전장의 맹수를 보는 듯하다. 그런데 또 알고 보면 뛰어난 두뇌를 지닌 탓에 그저 단순히 힘만 센 무인이라고 보기도 어렵다.

거기에 평소엔 사내처럼 털털하다가 어느 순간에는 어떠한 여인보다 섬세하게 상대의 마음을 헤아린다.

며칠 전 비 오던 밤 바로 그날처럼.

천무진의 말에 백아린이 억울하다는 듯 음식을 우물거리며 답했다.

"아침부터 누가 밥도 못 먹게 일만 시켰더라?"

일순 할 말이 없는지 천무진은 못 들은 척 딴청을 부렸고, 그런 그를 백아린이 가볍게 흘겨보고 있는 그때.

"풉."

터져 나온 당소련의 웃음소리에 두 사람이 그녀를 바라봤다.

당소련이 황급히 손을 저으며 입을 열었다.

"아, 죄송해요. 그냥 두 분 사이가 좋아 보여서 절로 웃음이 나왔어요. 나쁜 의도는 아니었으니 기분 상하지는 않으셨으면 좋겠어요."

"저 그렇게 속 좁은 사람 아니니 걱정 마세요. 아, 저기 있는 대단하신 천룡성 분은 모르겠네요. 속이 좀 좁아서요."

뒤에서 몰래 흉보는 듯이 손으로 입을 가리며 작게 중얼거렸지만, 사실 이렇게 가까운 거리에서 들리지 않았을 리가 없다.

당연히 천무진이 곧바로 받아쳤다.

"속이 좁긴 누가 좁다는 거야."

"어? 들었어요?"

마치 어떻게 들었냐는 듯 어깨를 으쓱해 보이는 백아린을 보며 천무진은 고개를 절레절레 저었다.

그런 두 사람의 대화에 당소련이 다시금 끼어들었다.

"실례가 아니라면 두 분이 어떤 사이신지 여쭈어봐도 될까요? 꽤나 친밀해 보이셔서요. 천룡성과 적화신루가 오래 같이 일해 왔던 건가요?"

"음…… 그건 아니고요. 일 자체는 얼마 전부터 함께하고 있어요. 모두가 마찬가지겠지만 무림의 문파라면 천룡성에게 갚아야 할 빚이 있죠. 저희 또한 정보를 주면서 돈도 받고, 그 은혜도 갚는다고 보시면 돼요."

"그렇군요. 근데 그게 전부인가요?"

"네, 그렇죠. 왜요? 뭐 다른 거라도……."

"아뇨, 아니에요."

당소련은 웃음으로 대충 말을 얼버무렸다.

혹시나 실례가 될까 봐 차마 잇지 않은 말이 있었다.

두 사람이 너무나 잘 어울린다고, 그리고 단순히 빚을 갚는 사이로만 보이지는 않는다는 것도 말이다.

허나 그런 자신의 생각을 당소련은 애써 감췄다.

그렇게 간단한 이야기들을 주고받으며 진행되던 식사 시간, 어느 정도의 시간이 흘렀을 때였다.

젓가락을 내려놓은 천무진이 슬쩍 백아린에게 시선을 보냈다.

굳이 전음을 주고받지 않았음에도 이미 백아린은 그가 무슨 말을 하려는지 알고 있었다.

사전에 약속된 대로 그녀가 당소련을 향해 입을 열었다.

"가주 대행님. 잠깐 저와 나가서 이야기 좀 나눴으면 하는데요."

"저희 둘만요?"

"네, 좀 여쭙고 싶은 게 있어서요."

"그럼 그렇게 하죠. 그럼 저희 둘은 잠시 다녀올 테니 식사하시고 계세요."

"그렇게 하죠."

기다리고 있던 천무진이 짧게 답했고, 백아린은 당소련과 함께 건물을 빠져나갔다.

그렇게 천무진과 당자윤 단둘만 남게 된 식사 자리. 당연히 당자윤으로서는 가시방석 위에 앉아 있는 기분이었다.

자신을 향하는 시선을 알면서도 애써 모르는 척 죽 그릇만 바라보고 있던 당자윤의 귓가로 천무진의 목소리가 들려왔다.

"어이."

나지막한 목소리에 놀란 듯 고개를 치켜든 당자윤이 그와 시선을 마주했다.

그리고 이내 천무진이 입을 열었다.

"너한테 하나 묻고 싶은 게 있는데."

"……저 말입니까?"

자연스레 터져 나오는 당자윤의 존댓말.

일순간에 두 사람의 관계가 역전되었음을 말해 주고 있었다.

당자윤은 갑작스레 자신을 향해 말을 걸어오는 천무진의 모습에 그나마 먹지도 않은 죽이 얹히는 기분이 들었다.

마른침이 목구멍으로 넘어갔고, 긴장으로 등골이 써늘했다.

물어 오는 당자윤을 향해 천무진이 짜증스러운 표정을 지어 보이며 답했다.

"그럼 여기 너와 나 단둘뿐인데 누구한테 하는 말이겠어."

당자윤이 움찔하며 어떤 대답을 해야 하나 고민하는 사이, 천무진이 그의 반응에는 관심 없다는 듯 말을 이었다.

"길게 이야기하고 싶지 않으니 곧바로 시작하지. 너 어떻게 살아 돌아왔냐?"

툭 내뱉듯 던진 한마디.

그렇지만 그것만으로 당자윤의 속은 태풍이라도 휩쓸고 간 것처럼 엉망이 되어 버렸다.

당자윤이 짧게 대답했다.

"무슨 소리십니까?"

물어 오는 그를 보며 천무진은 피식 웃었다.

"뭐야, 시치미 뗄 생각이야? 살아 있는 별동대 동료들을 버리고 도망쳤었잖아."

말을 내뱉은 천무진은 당자윤의 얼굴을 뚫어져라 응시했다.

자그마한 표정 변화 하나조차 놓치지 않겠다는 듯이 말이다.

자신을 향한 상대의 날카로운 시선을 느끼면서 당자윤은

애써 침착함을 유지했다.

'진정하자. 진정해야 해.'

이건 위기이자 기회였다.

어차피 별동대의 나머지 생존자들이 생환했을 때부터 이런 상황은 예측 범위 안이었다.

당연히 자신이 살아 있는 이유에 대해 물을 것이고, 당시 있었던 일들에 관해서 확인하려고 드는 것도 당연한 일이다.

그걸 알기에 지금 이처럼 다쳐서 돌아오는 연기도 하지 않았던가.

이 모든 것이 그냥 벌인 일이 아닌 모종의 상황들을 진짜로 만들기 위한 물밑 작업이었다.

자신이 벌인 일에 대해 들킨다면 모든 걸 잃게 될 상황.

허나 당자윤은 두렵지 않았다.

자신의 뒤에는 그들이 있었으니까.

그리고 그들은 자신을 위해 완벽하게 조작된 가짜 증거들과 증인들을 준비시켜 놓았다.

당자윤이 덤덤하게 입을 열었다.

"맞습니다. 전 도망을 쳤습니다."

아니라며 길길이 날뛰며 변명을 해 댈 거라 생각했던 천무진이다.

그런데 예상과 달리 당자윤은 너무도 쉽게 그 말에 수긍했다.

의외의 반응에 잠시 눈을 치켜떴던 천무진이 막 입을 열었을 때였다.

"생각보다 쉽게……."

"허나 제가 도망친 이유는 저만의 목숨을 위한 것이 아니었습니다. 오히려 별동대를 구하기 위해서였지요."

그의 말을 자르며 당자윤은 준비해 두었던 이야기를 꺼내 들었다.

당자윤의 말에 천무진이 와락 표정을 구겼다.

"그게 무슨 개소리야?"

"당시 상황에 대해 설명드리면 이해하실 겁니다."

두 눈을 빛내며 말하는 그를 가만히 바라보던 천무진이 결국 나지막이 대답했다.

"어디 설명해 봐."

*　　　*　　　*

천무진의 승낙이 떨어지자 당자윤은 당시 상황에 대해 이야기를 시작했다.

"아시겠지만 저희는 몸을 감추고 있었습니다. 몇 날 며칠

을 굶었고, 그 안에는 크게 다친 환자들도 존재했죠. 그대로
뒀다가는 언제 죽어도 이상하지 않을 상황이었습니다."

"서론이 너무 길어. 그래서?"

"저는 모자란 물을 뜨기 위해 움직였습니다. 하지만 차
마 그냥 물만 가지고 들어갈 수 없었습니다. 부상을 입어
제대로 움직이기도 힘든 상태로 며칠을 굶은 동료들이 있
었으니까요. 그나마 전 멀쩡한 상태였고, 당연히 책임감을
가질 수밖에 없었습니다."

천무진은 팔짱을 낀 채로 가만히 당자윤의 이야기를 듣
고만 있었고, 그는 계속해서 말을 이어 나갔다.

"마을은 워낙 거리가 있으니 그곳까지 가는 건 무리라고
판단하여 혹여라도 인근에 자그마한 인가가 있다면 도움을
받고자 했습니다. 그런데…… 오히려 그 와중에 저희를 찾
던 적들을 발견하게 되었습니다. 서둘러 동료들이 있는 쪽
으로 도망치려 했지만, 곧 그건 오히려 그들을 위험에 빠트
리는 어리석은 행동이라는 걸 깨달았습니다."

긴말을 내뱉은 그가 호흡을 한 번 고르고는 다시금 자신
의 이야기를 시작했다.

"그래서 저는 오히려 반대로 도망쳤습니다. 그들을 유
인하기 위해서였지요. 이왕 이렇게 된 마당에 동료들을 지
켜 주고 죽음을 맞을 생각이었죠. 당연히 제 존재를 눈치

챈 그자들 중 일부는 저를 뒤쫓았고, 전 계속해서 달렸습니다. 하지만 제 실력으론 한계가 있었습니다. 결국 두 시진가량 시간이 흘렀을 때 뒤를 잡혔고, 그곳에서 적들과 싸웠습니다. 그리고 결국 패하면서 큰 부상을 입었습니다. 그들은 패한 절 끌고 자신들의 거처로 향했고, 전 그곳에서 하루 가까이 혼절해 있었습니다."

끔찍한 기억을 꺼내듯 힘겹게 말을 내뱉고 있는 당자윤. 그리고 당자윤의 말은 계속 이어졌다.

"제가 정신을 차린 곳은 어느 산채였습니다. 절 잡아갔던 이들은 어디로 사라졌는지 보이지 않았고, 전 그곳에서 산채의 도적들에게 모진 고문을 당했습니다. 큰 부상을 입은 상태라 속수무책으로 당해야만 했지요. 그렇게 죽는가 싶었는데 그때 그 산채를 신월문(新月門)이 급습한 겁니다."

"신월문이?"

신월문은 중도 성향의 문파 중 한 손에 꼽힐 정도로 커다란 단체다.

당자윤이 고개를 끄덕이며 말했다.

"네, 그들 덕분에 전 그곳 산채에서 구출될 수 있었습니다. 무림맹으로 안내해 준다는 그들의 말을 뿌리치고 곧바로 동료들이 있었던 곳으로 돌아갔습니다만…… 이미 그곳엔 아무도 없더군요."

그때가 떠오르기라도 한 것처럼 잠시 먹먹한 표정을 지어 보인 당자윤은 이내 고개를 끄덕거리며 말을 이었다.

"모두가 죽었을 거라 생각했습니다. 자연스레 저만 살았다는 사실에 큰 죄책감을 느껴 괴로워하기도 했지요. 죽고 싶을 정도로 힘들었지만 저는 무림맹에 당시 벌어진 모든 일을 보고해야 할 의무가 있었습니다. 그랬기에 전 부상당한 몸을 이끌고 쉼 없이 이곳 사천당문으로 달려왔던 겁니다. 그리고 눈을 뜨고서야 그때 함께 남았던 대원들이 살아서 돌아왔다는 소식을 접했습니다. 어찌나 다행인지……."

말을 하며 당자윤은 잠시 고개를 푹 수그렸다.

마치 안도한다는 듯한 모습, 그렇지만 천무진은 그런 그를 여전히 무감정한 눈빛으로 응시하고 있을 뿐이었다.

천무진이 아무런 반응도 없자 연기를 하던 당자윤이 슬그머니 고개를 들며 재차 말했다.

"그렇게 전림(田林), 주춘(株椿), 안순(安順), 홍문(興文), 좌탕리(左糖里)를 거쳐 이렇게 돌아온 겁니다."

마을 이름들을 쭉 나열한 당자윤은 이내 오는 도중 있었던 간단한 일들에 대해서도 부연으로 설명을 달았다.

그 설명들은 꽤나 자세했고, 또 관련된 누군가가 있어 증명하기도 간단했다.

길게 말을 하는 그를 물끄러미 바라보기만 하던 천무진이 이내 알겠다는 듯 고개를 끄덕거렸다.

"뭐, 좋아. 어차피 그 일에 대해서는 내가 캐물을 부분이 아니니까. 무림맹 내에 이번 일에 대해서 꽤나 의심하는 사람들이 많으니 잘 해명해야 할 거야. 어쨌든 살아 돌아온 걸 축하하지."

굳이 더 이야기를 나눠야 할 필요가 없다고 판단됐는지 천무진은 거기서 대화를 끊었다.

잠시 둘 사이에 침묵이 감도는 그때 당자윤이 어렵사리 입을 열었다.

"저기…… 몰라뵙고 실례를 끼친 점 사과드리겠습니다. 만약 알았다면 절대로 그 같은 결례는 끼치지 않았을 겁니다."

여태 쌓여 온 모든 감정들을 좋게 만들 수는 없겠지만 최소한 적으로 지내고 싶지는 않은 상대였기에 나름 신경 써서 내뱉은 말이었다.

하지만…….

"사과가 틀린 거 아닌가?"

"……예?"

"만약 정체를 알았다면 그런 짓을 하지 않았을 거라 말하면 안 되지. 넌 지금도 나에게 사과한 게 아니야. 내 신분에 사과를 한 거지."

천무진의 말에 당자윤은 일순 말문이 막혔다.

'망할 자식. 잘난 척은!'

당자윤은 속으로 열불이 끓어올랐지만 힘겹게 그런 감정을 감춘 채로 수긍하는 모습을 내비쳤다.

"조심하겠습니다."

"됐어."

짧게 말을 끊은 천무진이 찻잔을 입가에 가져다 댔다. 그렇지만 그 와중에서도 그의 눈빛은 맞은편에 자리한 당자윤에게 고정되어 있었다.

식사 자리가 끝이 났다.

나중에 다시 보자는 인사를 끝으로 당소련과 헤어진 천무진과 백아린은 곧장 거처를 향해 나아가고 있었다.

그렇게 길을 따라 걷던 도중 백아린이 입을 열었다.

"어때요? 당자윤에게서 의심할 만한 부분이 좀 있었어요?"

"아니, 없어. 살아나게 된 경위도 있고, 그것에 대한 증인이 신월문이라면 결코 그 말의 무게가 가볍지는 않겠지. 거기다가 이동한 경로도 아주 정확하게 말해 주더군."

"무림맹에서 이번 일에 대해 추궁한다면 어떻게 될 거 같은데요?"

"빠져나갈 거야. 증거나 증인이 너무 많거든."

일정 부분 의아한 게 있겠지만 전부 증빙할 수 없는 종류의 것이었다.

딱 맞아떨어지는 아귀.

그리고 넘치는 증거와 증인들.

분명 그 모든 것이 당자윤의 말을 사실이라 말하고 있으니 그렇게 느껴져야 할 상황이다. 그런데 왜일까?

정면을 응시하며 걷던 천무진이 슬그머니 입을 열었다.

"모든 앞뒤가 딱 들어맞아. 그런데 말이야…… 그래서 이상해."

자신의 몸 하나 가누지 못하는 상태로 사천당문 근처까지 다가와 쓰러졌다고 들었다.

그런데 자신이 거쳐 온 마을의 이름들을 전부 기억하고 있다?

거기다가 그 마을들을 전부 천무진에게 들으라는 듯 말했다.

마치 한번 조사를 해 보라는 것처럼.

물론 그냥 기억하고 있다고 우긴다면 어쩔 수 없는 부분이지만 천무진은 그 점이 의심스러웠다.

마치 모든 게 정확하게 짜여 있는 한 편의 연극을 보는 것만 같은 기분이 들었으니까.

백아린은 단번에 그가 하고자 하는 말을 파악할 수 있었다.

"모든 게 조작됐다고 생각하는 거예요?"

"응, 맞아."

"증명할 수 있는 뭔가가 있을까요?"

"아쉽게도 아직은."

자신의 예상대로 이 모든 것이 조작됐다면 당자윤이 언급한 마을로 사람들을 보내 캐내 봐도 그곳에서는 그를 봤다는 증언을 할 이들이 꽤나 많을 게다.

게다가 이건 생각보다 간단한 일이 아니다.

신월문을 움직여야 하고, 각 마을에 증인과 그에 맞는 증거들을 완벽하게 심어 놔야 하는 일이니까. 그리고 증인으로 나설 이들은 생명의 위협에도 끝까지 이 거짓말을 유지할 정도의 인물이어야 할 게다.

그 말은 곧 이건 당자윤 혼자 벌일 수 있는 일이 아니라는 거다.

그에겐 이 정도의 일을 벌일 힘이 없었으니까.

천무진이 입을 열었다.

"우리의 생각대로 만약 당자윤이 누군가의 도움을 받는 거라면 아마도…… 그들이겠지."

"그들이 당자윤을 통해 원하는 게 뭘까요?"

"글쎄. 하지만 확실한 건 당자윤이라는 인물 자체를 원한 건 아닐 거라는 거야. 그들에게 저 정도밖에 안 되는 자는 결코 매력적이지 않을 테니까."

"그렇다면…… 그들이 원하는 건 역시나 사천당문이겠죠?"

"나도 그렇게 생각하고 있어."

당자윤은 필요 없겠지만, 그의 가문인 사천당문은 욕심이 날 수밖에 없다.

오대세가의 하나로 중원에 끼치는 영향력이 상당했으니까.

그런 사천당문을 쥐고 흔드는 건 무림의 상당 부분을 차지하는 것과 다름없었다.

분명 완벽히 처리했을 거라는 확신은 있었지만 천무진은 백아린에게 부탁했다.

"혹시 모르니까 당자윤이 들렀다는 마을을 좀 조사해 줘. 그럴 확률은 적지만, 뭔가 의심스러운 정황을 찾을 수도 있으니까. 전림, 주춘, 안순, 흥문, 좌탕리라더군."

"그렇게 할게요."

천무진의 말대로 뭔가를 찾을 확률은 그리 높지 못하겠지만 그럼에도 그냥 넘어갈 부분은 아니었다.

부탁대로 하겠다고 대답한 그녀가 이내 말을 이었다.

"아, 그리고 며칠 후에 적화신루 회의가 있어요. 아직 정식 총회를 할 시기가 아니긴 한데 급한 안건이 하나 있어서, 급히 모일 예정이거든요."

"그럼 또 며칠 자리를 비우는 건가?"

"아뇨, 이번엔 그렇지 않을 것 같아요. 그리 멀지 않은 거리라서요. 오고 가는 시간까지 다 포함해서 하루면 충분할 거예요."

일전의 회의에서 백아린은 앞으로 있을 적화신루 총회를 자신이 있는 곳 근처에서 열릴 수 있게 해 달라는 특혜를 요청했다.

애초부터 진짜 루주인 그녀의 요청, 가짜 루주는 그 청을 받아들였다.

자연스레 이번 임시 총회는 그 요청대로 지금 거점과 그리 멀지 않은 곳에서 열리게 되었다.

덕분에 백아린은 큰 시간 낭비 없이 할 일을 계속 진행해 나갈 수 있었다.

이번 임시 총회의 안건은 천룡성의 일도 있었지만, 역시나 개방 방주와의 문제를 결정하기 위함이 가장 컸다.

만나고 싶다는 그의 제안을 어떻게 할지 결정해야 하는 자리였으니까.

하루면 된다는 말에 천무진이 고개를 끄덕였다.

"다행이네. 오래 자리를 안 비워서."

"왜요? 저 없으면 뭐 막 심심하고 그래요?"

장난스럽게 웃으며 말하는 그녀를 향해 시선을 돌린 천무진이 기가 막힌다는 표정을 지은 채로 짧게 답했다.

"그쪽이 없으면 내가 할 일이 엄청나거든."

"쳇."

맘에 안 든다는 듯 입술을 삐죽이던 그녀는 잠시 머뭇거리다가 결국 입을 열고야 말았다.

"에이, 모르겠다."

갑작스러운 백아린의 말에 천무진이 그녀를 응시한 채로 물었다.

"뭘?"

"원래 나중에 해 주려고 했던 말이 하나 있었는데 입이 근질근질해서 도저히 못 참겠네요. 그냥 지금 말해 줄게요. 조만간 좋은 소식 하나 전해 줄 것 같아요."

"좋은 소식? 그게 뭔데?"

궁금하다는 듯 묻는 천무진을 향해 백아린이 절대 말해 주지 않겠다는 듯 손가락을 휘휘 저었다.

그녀가 슬쩍 웃으며 말했다.

"여기까지만요. 나머지는 나중에요. 나중에 말해 줄게요."

　　　　　*　　　　*　　　　*

　　그 시각 무림맹과 상당히 멀리 떨어져 있는 어떠한 장원
에서 한 명의 노인이 막 자신에게 날아든 서찰 한 장을 확
인하고 있었다.

　　노인은 칠십은 족히 되어 보였고, 하얀 백의에 긴 수염이
무척이나 잘 어울렸다.

　　긴 머리카락은 깔끔하게 올려 위로 고정시킨 그는 전체
적으로 선한 인상이었다. 눈빛은 따뜻했지만 맑게 빛나는
눈동자는 이 노인이 보통 사람은 아니라는 걸 말해 주고 있
었다.

　　서찰을 확인하던 노인은 이내 너털웃음을 터트렸다.

　　"허허, 재미있는 서찰 한 통이 왔군요."

　　방 안에 있는 건 노인 하나뿐이 아니었는지, 그 뒤편에서
누군가의 목소리가 들려왔다.

　　"왜? 연서라도 왔는가?"

　　"거참, 제 나이에 무슨 연서입니까."

　　노인은 뒤편에서 들려온 목소리에 작게 투덜거렸다.

　　그러고는 이내 서찰의 정체를 그 상대에게 전달했다.

　　"적화신루에서 연락이 왔군요. 저와 연락을 취하고 싶다
는데…… 어떻게 할까요?"

"그걸 왜 나한테 묻는가. 내가 자네를 가둬 둔 것도 아니고. 그대 뜻대로 하면 되지 않는가, 진균(陳均)."

노인의 이름은 진균.

그리고 세상은 이 노인을…… 의선(醫仙)이라 칭했다.

중원을 대표하는 세 명의 의원 중 하나.

그에게 적화신루에서 연락을 취해 온 것이다.

의선이 실실 웃으며 뒤편으로 고개를 돌리며 물었다.

"정말 제가 가도 되겠습니까? 그럼 바둑은 누구랑 두시려고요."

"아차, 바둑을 생각 못 했군그래. 그건 좀 문제인데……."

고민스럽다는 듯한 목소리.

하지만 이내 그 목소리의 주인공이 크게 결심했다는 듯 소리쳤다.

"에잉! 그래도 바둑 때문에 자넬 계속 잡고 있을 순 없지. 뭐 자네가 나와 바둑 두는 게 더 좋다면 굳이 가지 않아도 좋고."

유쾌한 목소리에 의선은 기가 막힌다는 표정을 지어 보였다.

저 목소리의 주인공이 원하는 바가 뭔지 분명히 알고 있었기 때문이다.

의선이 혀를 차며 말했다.

"쯧, 마음에 없으신 소리 참으로 잘하십니다. 애초에 적화신루 쪽에 제가 있는 곳의 정보를 흘리신 것이 천 대협이시지 않습니까."

"하하, 이런 들켰는가?"

"숨어서 지내던 절 왜 그리도 애타게 찾으셨나 했는데…… 역시 다른 생각이 있으셨군요."

그럴 줄 알았다는 듯 말하는 의선의 눈에는 바둑판을 앞에 둔 채로 웃고 있는 한 명의 인물이 자리하고 있었다.

나이는 의선과 비슷해 보였지만 풍기는 분위기는 무척이나 달랐다.

젊은이들이 무색할 만큼 눈동자에는 생기가 넘쳤고, 표정과 자세에는 여유가 가득했다.

압도적인 기백과 함께 위에 군림하는 소수의 선택된 자들만이 가질 수 있다는 특유의 패왕과도 같은 기운을 뿜어대는 인물.

큰 키와 나이에 맞지 않게 아직까지도 너무나 튼튼해 보이는 신체까지.

의선 또한 보통 노인과는 다른 분위기를 풍겼지만, 그것도 이 인물에 비한다면 아무것도 아니었다.

너무도 특별한 분위기를 풍기는 노인.

천운백(天雲佰).

천무진의 스승이자 천룡성의 진정한 주인이었다.

그가 쥐고 있던 흑돌을 바둑판 위 빈자리에 탁 내려놓았다.

어지럽던 바둑판 위의 형세가 그 한 수로 순식간에 급변했다.

천운백이 웃는 얼굴로 말했다.

"이번 바둑은…… 아무래도 내가 이긴 것 같군."

〈다음 권에 계속〉

사도연 판타지 장편소설

ORIGINAL FANTASY STORY & ADVENTURE

『용을 삼킨 검』, 『신세기전』 사도연 작가의 신작!

『두 번 사는 랭커』

여러 차원과 우주가 교차하는 세계에 놓인 태양신의 탑, 오벨리스크.
그리고 그곳에 오르다 배신당해 눈을 감아야 했던 동생.
모든 걸 알게 된 연우는 동생이 남겨 둔 일기와 함께
탑을 오르기 시작한다.

dream
books
드림북스

수라전설 독룡

시니어 신무협 장편소설

ORIENTAL FANTASY STORY & ADVENTURE

"하나도 남김없이 모두 죽일 것이다.
놈들을 전부 죽일 때까지 절대로 끝내지 않아."

유구한 역사를 자랑하는 약문(藥門)들의 잇따른 멸문지화.

시체가 산처럼 쌓이고 피가 바다처럼 흐르는
절망의 지옥에서 마침내 수라(修羅)가 눈을 뜬다!

dream books
드림북스